U0001752

萬葉集

まんようしゅう

大伴家持 等——【編著】

陳黎、張芬齡——【譯】

目錄

譯序
《萬葉集》──日本的「國風」紀念碑

陳黎‧張芬齡

　　一般簡便視之為約在西元759年完成，有「日本的《詩經》」之稱的《萬葉集》（*Manyōshū*），是日本最古老的和歌選集。中國的《詩經》（西元前十一世紀至前六世紀詩歌集）──簡稱「詩三百」──收詩三百餘首，日本的《萬葉集》則收「歌」（uta）──或稱「和歌」（waka）──四千五百多首，包括265首「長歌」（chōka，由交替的五與七音節構成、以雙七音節結束，5-7-5-7…5-7-7），62首「旋頭歌」（sedōka，由三十八音節構成，5-7-7-5-7-7），1首「佛足石歌」（bussokusekika，由三十八音節構成，5-7-5-7-7-7），1首「短連歌」（tan-renga，由三十一音節構成、兩人合作，5-7-5 / 7-7），以及約4200首「短歌」（tanka，由三十一音節構成，5-7-5-7-7）。拙譯《萬葉集：369首日本國民心靈的不朽和歌》從《萬葉集》中選譯了15首長歌、8首旋頭歌、1首佛足石歌、1首短連歌，以及344首短歌，總計369首歌作。

一、《萬葉集》概述

　　《萬葉集》是日本年代最悠久、質與量最優的和歌選集。全書共二十卷，作者多為活躍於近江京時代（667-673）、飛鳥京時代（673-694）、藤原京時代（694-710）和奈良時代的

歌人——《萬葉集》中所收奈良時代歌作作於710年至大約759年，此階段正值唐朝開元、天寶年間（713-756）中國詩歌黃金期。《萬葉集》反映第七、八世紀的日本生活與文化，不僅記錄了當時日本本土的思想與信仰，也觸及了由外傳入的佛教、儒學和道教。

《萬葉集》的書名歷來有幾種解釋。一、「萬葉」指「万の言の葉」（萬言葉、萬片語言之葉）——「萬」意謂「多」，而日文「言の葉」（言葉）有語言或言詞之意，後亦指和歌——《萬葉集》就是「萬語集」、「萬歌集」、「多歌之集」，表示內容多彩豐富。二、「萬葉」指「萬世」——日文「葉」（よう：yō）與「世」（よ：yo）諧音——《萬葉集》就是「萬世集」，「為萬世而作的選集」、「萬世相傳的選集」，展現將詩集傳諸後代與世界的信念。三、「葉」指「樹葉」，以樹葉比喻詩歌，《萬葉集》就是「眾多詩歌之集」——後世亦有《金葉集》、《玉葉集》、《新葉集》等和歌選集。

不同於《古今和歌集》（編成於905年）與其他敕撰（天皇敕命編選的）和歌集，《萬葉集》有宮廷詩人之作，更不乏出自庶民作者之佳篇。它融合了貴族與平民這兩種迥異的元素，將高居上位的王室成員與地位卑微的無名氏詩人並置，讓都城生活的多姿風貌與鄉野生活的風情相映成趣。多達三百首以關東地區之「粗鄙」方言和俚語寫成的歌作匯集為兩個不同篇章——「東歌」與「防人歌」——這在東方古代詩選中可謂空前之舉。這些「鄙俗」之詩有即景、現場之作，也有當時流行的歌謠，因口耳相傳而略有變異，其中可能亦有宮廷或都城詩人的仿作；此外，也包括一些講述傳奇故事

的敘事歌謠以及少數滑稽、戲謔之作。值得一提的是，《萬葉集》收錄了一些女歌人的作品，她們代表著不同的社會階層，有高居最上位的天皇、皇后、皇女，也有身份最卑微的奴婢、遊女等。

　　大體來說，《萬葉集》歌作的基調是寫實、質樸（雖亦有少數富奇想、異想，或具超現實想像之作），處處可見真誠的心思和坦率的情感，快樂、明亮、祥和是其主要氛圍。派駐偏遠海岸的「防人」（國防兵）誓言效忠王室，誠摯地寫下與家人別離的不捨與哀傷，不帶怨尤或憎恨。嗜血好戰的氣味闕如，整本《萬葉集》不見一首戰爭之歌（只有一首曾出現描述戰役場景的片段）。大家常將《萬葉集》與《詩經》並論，並相比其第一首詩——前者為雄略天皇（418-479）之作（「籠もよ／み籠持ち／掘串もよ／み掘串持ち／この岡に／菜摘ます兒／家聞かな／名告らさね／そらみつ……」：「竹籃啊，／提著可愛的竹籃，／木鏟啊，／手持小巧的木鏟，／山岡上／採野菜的美少女啊，／請告訴我／你的家你的名……」；見拙譯第5首），後者（「關關雎鳩，在河之洲，窈窕淑女，君子好逑。參差荇菜，左右流之，窈窕淑女，寤寐求之……」）描寫周文王對太姒的戀慕深情。〈關雎〉篇富含譬喻之美，雄略天皇的歌作也甚具藝術價值，結合誠懇與威嚴，優雅與純樸，巧妙刻劃出古代日本君王與子民間親密、親和的關係。

　　《萬葉集》因其繁複多樣性與優質的詩歌內涵，在世界文學史上佔有不容小覷的一席之地。以質而言，不亞於諸多的中國古代詩選；以量而言，堪與著名的《希臘選集》（*Anthologia*

Hellēnikē，選納從西元前七世紀到西元後1000年，約3700首古典與東羅馬帝國時期希臘詩歌的古老選集）一較高下——其純粹的抒情性與詩作展現的熱誠、鮮活精神，較《希臘選集》更勝一籌——《希臘選集》裡的警句（諷刺短詩）是文明頹衰期的產物，《萬葉集》詩歌則是文化盛期綻放的花朵。

《萬葉集》為日本後來大多數敕撰和歌集樹立了「一書二十卷」的先例，詩作分類和編排方式也成為後世選集遵循、參照的典範。《萬葉集》詩作數量超越後世任何一本敕撰集。據松下大三郎、渡邊文雄編纂，1901至1903年間首印的《國歌大觀》所示，《萬葉集》共收錄4516首（編者加以編號的）歌作，扣除重複和變異之作，實際歌數為4500；另外還有四首漢詩。《萬葉集》中署名或可確認身分的作者（含名為「婦人」、「娘子」等作者）約有450位，女性作者約百位。

二、《萬葉集》的編纂

前面說一般「簡便」視《萬葉集》約成於西元759年，殆因其為此集最後一首歌作寫成之年。我們無從確知流傳至今的《萬葉集》於何時、以何種方式編纂成形，但似乎可以肯定的是：此選集一體成書於第八世紀後半葉奈良時代（710-784，或說710-794）晚期——大約770至785年間。當然，全書二十卷並無一定的編輯脈絡可循，也非於同一時間編纂而成，其中有幾卷極有可能編選於八世紀初期（第一卷前半卷可能於八世紀伊始即進行編輯），而後以此為核心陸續擴增其餘各卷。此選集經過不同階段多次增修才有現今的樣貌，也就是說，我們今日看到的二十卷《萬葉集》歷經了長

達半個多世紀相當繁複的編輯過程。所收之詩大多作於七世紀中葉至八世紀中葉間；另有一些在此之前，有一些可能在此之後。前面十六卷可能都是744年之前完成的歌作，後面四卷之詩則大多寫成於746至759年間。

《萬葉集》並無明確的編纂準則，選詩的標準因編纂者的不同而有所不同，分類與編排也無一貫、一致的方式。大伴家族著名歌人大伴家持（約718-785），一般認為是參與整本選集編纂的最後主導者。大伴家持出身武門名族，父親是730年春在其筑紫（九州）大宰帥邸宅設宴與山上憶良等人齊詠「梅花歌三十二首」的大伴旅人（665-731）——2019年5月日本啟用新年號，「令和」兩字即出於此「梅花歌」序文（**見拙譯第194首譯者說**）。大伴家持一生仕途不順，起起伏伏，鬱鬱不得志，中年後多次捲入政治紛爭，785年死時還因謀殺罪被除官，骨灰隨其子流放異地，家族也從此一蹶不振。另外，自奈良時代晚期至平安時代早期間（大約760年至840年），漢詩、漢文風靡日本宮廷圈，日本步入文學史上所謂的「國風黑暗時代」，傳統日本詩歌（和歌）受到忽視。或許因為上述情況，《萬葉集》才未及得到最後的修飾，而以未臻完備的樣貌流傳下來。

有關《萬葉集》的選詩來源，《萬葉集》中提及了《古事記》（*Kojiki*）和《日本書紀》（*Nihonshoki*）這樣的史籍，也援引了個別詩人的詩選，各式各樣的檔案、傳略、日記，以及透過口傳保存下來的詩歌。選集中處處可見編纂者的用心，他們自古今書籍、殘簡斷篇、各種公家或私人資源收集資料。有些時候編纂者還隨詩附上出處、參考資料，甚或他

個人對詩作的評點。因為編纂的工作不曾終結，選集中屢見選詩過程以及編纂者勤懇努力的痕跡，這種獨一無二的有趣特色在後來的詩選裡是看不到的。在不同卷中，我們看到相同的詩作重複出現、版本略異的同一首詩又被收錄，這是《萬葉集》的另一個特殊處。

《萬葉集》選詩最重要來源之一是山上憶良（660-733）編著的《類聚歌林》（*Ruijūkarin*）。山上憶良是奈良時代初期歌人，萬葉詩的先驅者，中國文學造詣頗深的學者。此書失傳已久，我們不知其形式如何、卷數多少，但從書名看，書中詩作應已做了某種分類，此書有可能最起碼是《萬葉集》前兩卷編選時模仿的榜樣，書名裡的「歌林」一詞曾出現於751年（山上憶良死後十八年）的某個王室文獻，雖然無法確認是否就是《類聚歌林》一書。《萬葉集》大量援引的另一選集《古歌集》（*Kokashū*），成書年代、卷數、編者皆不明，《萬葉集》從中選了長歌2首、旋頭歌6首、短歌18首。此外，《萬葉集》中標示了其所援引的四本個人選集——《柿本人麻呂歌集》、《笠金村歌集》、《高橋蟲麻呂歌集》和《田邊福麻呂歌集》，但我們無法確認是否每一歌集都是書名所指之歌人的作品集，或者加有其他人之作，或者只不過是此歌人所編選之歌集。

大體而言，《萬葉集》每一首歌作或每一組歌作的前面都有作者名字和「詞書」（kotobagaki，前書、題詞），詩後有時附有注。這些前書和注告訴我們詩作創作的場合、日期、地點，作品的來源、途徑，還有與作者或詩作相關的軼事、傳說。注裡偶爾會出現編選者的看法或評論。這些前言、注、日期等都以漢字寫成，有幾卷還隨詩附上漢文體的書簡和導

言（有時頗冗長）。甚至有漢詩藏身其中。

《萬葉集》的產生在日本「假名」文字出現之前，書中所有詩作的文本都是以漢字記錄的，或借用漢字之義，或借用漢字之音，或兼而有之。譬如「松」（まつ：matsu）、「人」（ひと：hito）、「戀」（こい：koi）是借用漢字之形、義，但發日本音，而「力士」（りきじ：rikiji）、「法師」（ほふし：hōshi）、「塔」（とう：tō）等則同時借用漢字之形、音、義。

用漢字之音，有一字一音、一字數音或數字一音者。譬如以漢字「乃」或「能」表日語「の」，以漢字「波流」表日語「はる」（haru，春），以「宇美」表「うみ」（umi，海），以「夜麻」或「也末」表「やま」（yama，山）；以「烏」表「を」（o）之音，以「德」表「とこ」（toko）之音，合而為「烏德」（をとこ，otoko，「男」之意）。這些用來表示日文的「表音漢字」被稱作「萬葉假名」（或「真假名」）——又可分為「音假名」，即原封不動地利用漢字讀音者（上面所舉乃、能、波流、宇美、夜麻……等即是），以及「訓假名」，即利用對漢字的「和訓」（以「對應」該漢字字義的固有的日語讀之，譬如「夏」讀作「なつ：natsu」），先取得所要之音，再將這些音轉成所要表達的日語。舉例言之，如果在原始《萬葉集》裡看到「夏樫」這兩個「萬葉假名」，其實與「夏（天）」或「樫（木）」都無關，而是指「懷念」之意——原因是，此處的「夏」被訓讀成「なつ」（natsu，日語亦「夏」），「樫」被訓讀成「かし」（kashi，日語亦「樫」，橡木之意），兩字合起來就是「なつかし」（natsukashi，日語「懷かし」，懷念之意）。

更有趣的是，還有一種名之為「戲書」（ぎしょ，gisho），

11

文字遊戲、字謎般的表記法。比如「山上復有山」這幾個漢字，在原始《萬葉集》裡代表的是「出」（いで，ide），而「十六」兩字，與數字無關，指的是「鹿」。為什麼？因為「四四＝十六」（4乘4等於16），「十六」就是「四四」，音「しし（shishi）」，而「しし」在日語中就是「鹿」的意思。這就像今日聽到有人說「我要去二十八！」你覺得困惑，一問，方知他要去「屈臣氏」——「七乘四＝二十八」（屈臣氏等於二十八）啊！面對此種「萬葉」詩意、創意，我們甘心屈身臣服。

底下抄錄幾首原味《萬葉集》詩，供大家思索、摸索：

☆去來子等／早日本邊／大伴乃／御津乃濱松／待戀奴良武（萬葉假名文）

☆いざ子ども早く日本へ大伴の御津の浜松待ち恋ひぬらむ（訓讀）

啊，諸君，／我們早日回日本吧！／大伴御津岸邊／青松，渴盼地等著／我們的歸帆呢（拙譯第181首，山上憶良）

☆波流佐礼婆／麻豆佐久耶登能／烏梅能波奈／比等利美都々夜／波流比久良佐武（萬葉假名文）

☆春さればまづ咲く宿の梅の花独り見つつや春日暮らさむ（訓讀）

我家／庭中梅花，春光中／最先綻放——怎能一人／獨賞，悠悠／度此春日？（拙譯第194首，山上憶良）

☆三空去／月之光二／直一目／相三師人之／夢西所見

（万葉假名文）

☆み空行く月の光にただ一目相見し人の夢にし見ゆる（訓讀）

曾借天空月光／與那人／一瞥相見——如今／夢中，接二／連三見到他（拙譯第215首，安都扉娘子）

☆垂乳根之／母我養蚕乃／眉隱／馬聲蜂音石花蜘蟵荒鹿／異母二不相而（萬葉假名文）

☆たらちねの母が飼ふ蚕の繭隱りいぶせくもあるか妹に逢はずして（訓讀）

如我母親所養／之蠶，隱於繭中，／不能與阿妹見面／我胸悶，心煩，／快窒息而死……（拙譯第322首，佚名）

因為別無其他書寫系統，《萬葉集》不得不披上漢字的華裳，而編纂此一選集的構想也極可能襲自中國——中國早有編纂詩選、文選的先例，而且後來幾乎成為「國家大業」。八世紀初《萬葉集》前兩卷開始編纂時，《詩經》和《楚辭》（約成書於西元前一世紀）早為日人所熟知，後來的一些漢文學選集（特別是六世紀時所編）也廣為日人所愛，其中最重要的是昭明太子蕭統（501-531）主編，共六十卷的《文選》——此部中國最早的詩文總集風行於奈良時代，第八世紀後成為日本的「中國文學教科書」。南朝徐陵（507-583）編集，以「選錄豔歌」為宗旨，優雅又帶點情色，堪稱男女閨情詩總集的《玉台新詠》也被許多日人所珍藏。萬葉詩人中有二十多位能以漢語寫詩，日本第一本由日本人創作的漢詩選

13

集《懷風藻》（*Kaifūsō*）出版於751年，比《萬葉集》編成早好幾年。令人稱奇的是，日本在尚未發展出自己「假名文字」書寫系統前，因著勤奮不懈學習、開展從中國大陸整體移植過來的文學、美術、工藝，竟然出現了《萬葉集》這樣一部龐大的，以大和民族最純淨的語言吟唱出的本土詩歌集——日本的「國風」紀念碑。

三、《萬葉集》全書構成

《萬葉集》裡最普遍的主題是「兩性之間的關係」，約有百分之四十五的作品可歸類為情詩／戀歌。描寫四季自然之詩與旅遊之詩各佔百分之十至二十，挽歌佔百分之六，其餘則為離別詩、述懷詩，以及宮廷儀禮、行幸、宴會等雜詩。有許多詩作題材交疊，尤其是在情詩中融入旅遊、自然、別離、挽歌等元素。這些詩構成了《萬葉集》歌作裡的三大類——相聞歌、挽歌、雜歌。相聞歌即（親友、情人間）互通消息、互相問候之歌，《萬葉集》中這類歌絕大多數是男女間的情歌。「相聞」兩字出自《文選》第四十二卷曹植（192-232）的〈與吳季重書〉：「適對嘉賓，口授不悉，往來數相聞」，而《文選》裡亦有挽歌、雜歌等項目。《萬葉集》中「雜歌」內容蕪雜，指相聞歌、挽歌之以外其他四季詩、羈旅詩、離別詩、與宮廷有關之詩等所有歌作。

底下簡述各卷特色及時代背景，略窺《萬葉集》全貌：

【卷一】以宮廷為中心的雜歌；84首

《萬葉集》前兩卷被視為敕撰和歌選，內容、形式皆極嚴

14

謹，收錄大量王室（天皇、皇子、皇女等）之作。此兩卷詩作大體依年代順序排列，和其他卷相較規模不大，但頗為重要。卷一涵蓋期從雄略天皇在位期（456-479）到奈良時代初期，收有多首額田王、柿本人麻呂名作。本卷有長歌16首。

【卷二】以宮廷為中心的相聞歌、挽歌；150首

卷二涵蓋期較廣，有作於仁德天皇在位期（313-399）之詩，也有注記為715年作之詩。有許多柿本人麻呂之作。本卷有長歌19首。

【卷三】雜歌、譬喻歌、挽歌；249首

卷三涵蓋期從推古天皇在位期（593-628）到聖武天皇天平十六年（744），包括輝煌的藤原京時代、奈良時代，收錄較多廷臣、侍臣之作。頗多大伴家族（大伴旅人、大伴家持）詩歌圈歌人之作。山部赤人首次登場。卷中「譬喻歌」是以各種事物比喻自己心情之歌，此處多為寄託戀情之歌。

【卷四】相聞歌（戀歌）；309首

除了少數年代較早者，卷四全屬奈良時代之作，都是戀歌。包括大伴旅人與其友人們之作，以及年輕時期的大伴家持與其情人們的往來情歌。

【卷五】以筑紫大宰府為中心的歌作；114首

卷五涵蓋期為聖武天皇朝的728至733年，中國風味極濃，除了筑紫（九州）大宰帥大伴旅人與其友人們唱和之作（包括「梅花歌三十二首」），還收有許多山上憶良動人的長、短歌。

【卷六】以宮廷為中心的歌作；161首

卷六涵蓋期約為聖武天皇朝的724至744年，收有許多旅

遊詩、行幸詩，還有宴會詩，收錄長歌多達27首。笠金村、山部赤人為此卷代表性歌人。有頗多大伴家族詩歌圈歌人之作。

【卷七】作者未詳之雜歌、譬喻歌、挽歌；350首

卷七（和卷十、十一、十二、十三一樣）全為無名氏之作。戀歌佔百分之四十，羈旅詩與描寫自然之詩佔百分之四十五。有許多歌作出自《柿本人麻呂歌集》。收有26首旋頭歌是本卷一大特色。涵蓋期約從持統年間（687-697）到元正天皇在位期（715-724）。

【卷八】四季歌、戀歌；246首

卷八的時代與所收歌人與卷四類似，有許多大伴家族詩歌圈歌人之作。年代最早的是舒明天皇（593-641）的一首短歌，寫作最晚的年代是743-745年。此卷分成「四時雜歌」（佔三分之二）與「四時相聞歌」（多為情詩）兩類，每類再分春、夏、秋、冬四部分，此種分類法後來成為諸多敕撰和歌集的參考典範。

【卷九】旅遊歌、傳說歌；148首

卷九有四分之三是無名氏之作，描寫旅遊與自然之詩佔全卷一半以上。除了一首雄略天皇的短歌，歌作涵蓋期從舒明天皇在位期（629-641）到744年，主要選自《柿本人麻呂歌集》和《高橋蟲麻呂歌集》，包括22首長歌——其中多首以傳說為題材。

【卷十】作者未詳之四季歌、戀歌；539首

卷十全為無名氏之作，亦分成「四時雜歌」（佔三分之二）與「四時相聞歌」兩類，可能多為奈良時代之作，頗多精緻優美之佳篇。「秋雜歌」中收錄詠「七夕」之歌達132首。此

卷中寫自然之詩出現受中國詩影響之新旨趣。

【卷十一】作者未詳之戀歌、相聞歌；490首

卷十一全為無名氏之作，皆屬戀歌，可能為藤原京時代和奈良時代初期之作，許多近似民歌。選自《柿本人麻呂歌集》之作亦多。

【卷十二】作者未詳之戀歌、相聞歌；380首

卷十二全為無名氏之作，特色、時代皆與卷十一相同。戀歌佔五分之四，其餘為羈旅詩、離別詩。

【卷十三】作者未詳之雜歌、相聞歌、挽歌；127首

卷十三全為無名氏之作，可說是67首（無名氏）長歌的獨特陳列館，作品寫作年代難以確認，可能涵蓋藤原京時代與奈良時代初期，有些出自《柿本人麻呂歌集》。此卷一半以上為戀歌，其餘包括羈旅歌、挽歌。

【卷十四】東歌；230首

卷十四是所謂「東歌」的合集，收有東國地方（近畿以東諸郡國）的民歌共230首——包括遠江、信濃、駿河、伊豆、相模、武藏、上總、下總、常陸、上野、下野、陸奧等十二國之歌90首，國不明之歌140首。「東歌」作者和編纂時間都無法確知，但此鄉野之歌別有風情，語言和風格都獨樹一幟。

【卷十五】遣新羅使歌、中臣宅守與狹野茅上娘子之悲戀歌；208首

卷十五收錄有145首日本派往朝鮮半島之「遣新羅使者」們與其家屬所作之歌，使節團於736年6月出航，翌年1月歸京，這些詩中包含不少呈現別離之情以及以海洋為背景之

作。此卷另收錄有63首740年時被判「流刑」的下級官吏中臣宅守，與其妻狹野茅上娘子之間的悲戀歌——一組充滿激情的「異地相聞歌」。

【卷十六】傳說歌、滑稽歌；104首

卷十六有五分之四以上是無名氏之作，收錄了多首以傳說為題材的歌作，以及許多詼諧、戲謔之歌，涵蓋期可能從天武天皇在位期（673-686）到聖武天皇天平時期（729-749）。

【卷十七】大伴家持「詩歌日記」：天平時期；142首

卷十七到卷二十，可說是大伴家持的「詩歌日記」，依年、月順序收錄了他以及他身邊男、女歌人們之作，絕大多數是他的作品。此四卷的特色是：收錄了大量的宴會詩，卻少有戀歌。前三卷（卷17至卷19）收有47首長歌。卷十七涵蓋的年代為730-748年，正值天平時期（729-749）——奈良時代最輝煌的年代。此卷有十二首平群氏女郎寫給大伴家持的情詩。

【卷十八】大伴家持「詩歌日記」：越中國之歌；107首

卷十八涵蓋的年代為748-750年。大伴家持於746年7月赴任「越中國守」，751年8月卸任歸京。此卷所收為其任越中國守時，他與身邊友人們之作，有幾首其長歌佳作在內。

【卷十九】大伴家持「詩歌日記」：孝謙天皇時代；154首

卷十九涵蓋的年代為750-753年，屬孝謙天皇時代。此卷154首歌作中，三分之二為大伴家持之作，包括不少其短歌傑作。

【卷二十】大伴家持「詩歌日記」、防人歌；224首

卷二十涵蓋期為753年到759年，主要為大伴家持之作，

但收有一組「防人歌」，是任兵部少輔的大伴家持，於755年2月九州守邊軍士換防時所搜集的「防人」與其家屬所作之歌（84首）以及昔年之歌（9首），共93首。這些防人多來自東國，其歌作與《萬葉集》卷十四無名氏「東歌」相呼應，格外引人注目。卷二十所收最後一首詩寫於759年，乃《萬葉集》中提及的最晚年代，是時任「因幡國守」的大伴家持於新春日所詠，此一年代為《萬葉集》全書編成的時間提供了定音的線索。

四、《萬葉集》歌體與修辭

《萬葉集》歌人以「五音節」或「七音節」句為單位，組合出本文一開頭提到的幾種和歌的詩體：一、長歌（5-7-5-7…5-7-7）；二、旋頭歌（5-7-7-5-7-7）；三、佛足石歌（5-7-5-7-7-7）；四、短連歌（5-7-5 / 7-7）；五、短歌（5-7-5-7-7）——其中「短歌」數量最多，佔《萬葉集》歌作總數的百分之九十三，以至於後世亦直接以「和歌」稱「短歌」：的確，長共三十一音節的短歌，至今仍以出類拔萃的「日本製」詩歌體制之姿，盛行於日本。

雖名為長歌，但《萬葉集》裡最長的「長歌」也未超過一百五十句——當我們想到所謂「句」只不過是五音節或七音節長的日語時，我們就知道這樣的「長詩」其實不算長。《萬葉集》裡收有265首長歌，包括「歌聖」柿本人麻呂（約660-約710）的多首傑作。長歌的收錄是《萬葉集》非凡的特色，其量與質皆非後來日本任何和歌選集所能及。一首長歌之後，每每伴隨一首或數首名為「反歌」（hanka）的短

歌——反歌一詞可能源自中國賦的「反辭」（「反覆敘說之辭」，如《楚辭》中的「亂曰」、荀子賦中的「小歌」），意指用以概述長歌重點或加以補充、闡述的短歌。

「旋頭歌」一詞可能是日本人自創，將5-7-7音節構成的「片歌」（katauta，意為半歌、半首和歌）重複兩次，形成三十八音節、六句的歌體。因為尾三句和頭三句形式相同，彷彿重頭再旋轉一次，故名之為旋頭歌，又稱「雙本歌」。此歌體在《萬葉集》後快速式微。

另一個奇特的歌體為「佛足石歌」。753年7月，天武天皇之孫、智努王為亡妻（或說亡母）祈冥福，在奈良藥師寺內將釋迦牟尼佛的足印刻於石上，並立碑刻上21首詩讚美之，這21首詩被稱作「佛足石歌」，此種歌體（5-7-5-7-7-7）則被稱作「佛足石歌」體。《萬葉集》中僅有一首「佛足石歌」，收錄於第十六卷（見拙譯第337首）。此歌體到平安時代也衰亡了。

最後值得一提的是出現於第八卷的一首「短連歌」（拙譯第289首）。短連歌是將一首短歌分為長（5-7-5）、短（7-7）兩句，由兩位歌人接力連句而成的歌體。《萬葉集》裡只有一首「短連歌」，作者是一女尼與大伴家持：

佐保川の／水をせき上げて／植ゑし田を（尼）
刈る早稲飯は／独りなるべし（大伴家持）

引佐保川／之水啊，來／種田——
新米做成飯，／當先由你獨餐

20

此首「短連歌」可說是後來「長連歌」以及「俳諧連歌」（連句）的雛型，而把女尼所作的長句（此處為5-8-5、十八音節）單獨取出，就是後世一首「俳句」（haiku，5-7-5、十七音節）的大致樣貌。

日本詩歌一般都由五音節和七音節之句組成，無需考慮重音、音調或音節長度的問題，也無需為了詩歌效果而押韻，這是因為日語所有的音節都以母音結尾，重音音節和非重音音節，或長音節和短音節之間並無明顯的區別，因此無法發展出講求「押尾韻」或「輕重音」音步的詩的格律。因此，在其他語言中通常只是格律設計中元素之一的「音節數」，就成為日文詩體學中的唯一法則。

在《萬葉集》各式修辭技巧中，詩人會有意或無意地使用「頭韻」〔指詞首聲母（即韻母前的子音）相同〕，往往獲致不錯的效果。此外，「對句」（tsuiku，平行、對比的句法，常見於中國古詩或日本神道「祝詞」）是長歌裡不可或缺且需嫻熟駕馭、展現之技。

在日本詩歌其他創作技法中，以「掛詞」（kakekotoba）、「枕詞」（makurakotoba）和「序詞」（jokotoba）最為獨特。「掛詞」即雙關語，藉同音、諧音讓一詞兩意，展現歧義之趣。例如「松」（まつ：matsu）與「待つ」（まつ，等待）同音雙關（見拙譯第254、301、356首）；「明け」（あけ：ake）意為「天明」，又與「開け」（あけ，打開）同音（見拙譯第87首）；「下」（した：shita），有「下方」及「內心」之意（見拙譯第252首）。掛詞雖是簡單的技巧，在日本詩歌中卻頗重要，使用的頻率比中國詩歌中要高。到了平安時代《古今和

歌集》歌人們手中，掛詞的技法變得更加巧妙、繁複。

　　「枕詞」是冠於某些特定字詞前，用於修飾該字詞、增強氛圍或調節節奏的慣用、固定詞語，通常由五音節組成（也有四音節、三音節或六音節者），每每語意不明，所以常略而不譯。譬如《萬葉集》中，「あしひきの」（足引の：ashihiki no）此一枕詞每出現於山、峰等字前成為其修飾詞，但理由未詳。枕詞一般雖無實質意味，但與其所修飾的「被枕詞」間往往具有某種音／意上的呼應或聯想。其作用有點類似《詩經》六義中的「興」：藉外在的具體事物現象（枕詞）烘托後面詩句中呈現的心理狀態——透過物象描述心象，如是豐富了詩的想像力。《萬葉集》中雖然大多數枕詞都是八世紀時已固定了的傳統慣用枕詞，但在柿本人麻呂的歌作中，也出現了一些新鑄的，更具表達力與實質意味的枕詞。

　　底下選列本書中出現的一些枕詞，供參考：

あかねさす（茜さす：akane sasu）
→ 修飾紫、日、晝、照る等（拙譯第 19、327 首）

あしひきの（足引の：ashihiki no）
→ 修飾山、峰、岩根等（第 32、33、71、131、168、318 首）

ひさかたの（久方の：hisakata no）
→ 修飾光、天、空等（第 58、90、195 首）

くさまくら（草枕：kusamakura）
→ 修飾旅、露等（第 6、14、173、351、357 首）

ぬばたまの（射干玉の、烏玉の：nubatama no）
→ 修飾黑、夜、髮等（第 164、210、218、221、327 首）

しろたへの（白妙の、白栲の、白たへの：shirotae no）
→ 修飾衣、袖、領巾、雪、雲等（第 30、74、143、206、218、245 首）

たらちねの（垂乳根の：tarachine no）
→ 修飾母、親等（第 313、322 首）

「序詞」（也可譯為「冒頭詞」或「引語」）用以修飾、「引」出接於其後的詩句，其功能、方式與枕詞類似，但句式較長（通常有二至三句或更長），且較自由、具創作性，不像已定型的枕詞。序詞常與其後續詞間具有比喻或同音、諧音關係。其特質乃是跳躍式地引出讀者預想外的意象，愕然但溫和地將讀者安置於另一境地。序詞（修飾語）與接於其後的詩句（被修飾語）間，並無實際或邏輯上的關連，但這種突兀、曲折的並置，反而讓人眼睛一亮、心頭一震，這正是日本詩歌（包括後世俳句）讓世人驚豔的秘訣所在。此處舉二例印證之：

（像）熊野海邊

百重開的
濱木綿，我對你的
思念層層相疊——
卻不得面對面一見

☆み熊野の浦の浜木綿百重なす心は思へど直に逢はぬかも
（柿本人麻呂，拙譯第67首）

上例畫線處即為序詞，與後續詩句形成比喻關係，但日本詩歌在進行比喻時，並沒有使用在中譯（或英譯）時可能得加進去的「像」或「有如」這類說明字眼。不說明，不明說，直接並置／接合兩種迥異意念或意象，此即日本詩歌幽微處。

大丈夫手挾
箭，挺立瞄射向
標靶——啊，一箭
中的！的形海景
爽朗入目來

☆大丈夫の幸矢手挾み立向ひ射る的形は見るに清けし
（舍人娘子，拙譯第129首）

此詩中地名「的形」（在今三重縣松阪市，昔為港灣）一詞的「的」字，是全詩詩眼、關鍵所在——一語雙關、一箭雙鵰地，將本來不甚相干的長三句多的序詞（描寫射箭之景）

24

和其後的海景「串射」在一起。「的形」（まとかた：matokata）的「的」（まと：mato），意即「標的」、「箭靶」。射箭健兒舉弓瞄向「的」形（目標物），咻的一聲，一箭中「的」——「的形灣」美麗海景應聲爽朗、清澄入目——啊，真是裡外皆美、皆爽！此詩詠射箭兼讚頌地景，雖為女歌人之作，卻既雄健又精準，將文字遊戲與眼前景象、將風景與心景，曼妙地融合在一起。

《萬葉集》中處處可見此種巧妙「混搭」的序詞的運用。我們可以說《萬葉集》是枕詞、序詞的時代，到了平安時代，枕詞的使用就銳減了——從《古今和歌集》起，和歌進入掛詞的時代，逐漸從「耳の和歌」（聲音的和歌）移向「目の和歌」（文字的和歌）。

五、《萬葉集》歌與歌人

《萬葉集》詩作的特質是以樸素直率的方式表達生之喜悅、愛情、憂傷、悲憤。後世的日本詩歌鮮少能達到此美麗之境——情感渾然天成、雄健粗放而不矯作。然而，這並非說《萬葉集》是大和民族最原始的詩歌。《萬葉集》歌人——在他們活著時——自然是現代人、當代人，他們有他們可以緬懷、追憶的「舊時代」與故都，有他們渴望追索並努力從中為當下生活尋找借鏡的「神代」（眾神的年代）與神話。《萬葉集》一點也不「原始」，其藝術價值和意義在於它呈現出一種歷久彌新（保有原始鮮活與蓬勃元氣）的文化。

明治時代短歌、俳句巨匠正岡子規（1867-1902）是日本近代詩歌革新者，他「革新」的方向就是重返真摯質樸的《萬

葉集》，建立基於萬葉風的「寫生」主義。我們的確可以說「寫實」是《萬葉集》歌作的基調，但這並不意味《萬葉集》中沒有富奇想或異想之作。奈良時代女歌人狹野茅上娘子希望天降大火，焚毀她被判流放的丈夫前行之路，阻其離去：「但得／天火降，／將君將行的／漫漫長路捲起來／疊起來，一燒而盡！」（拙譯第239首）；「防人歌」中一位防人之妻，把臨別送其夫的「針」比作她自己的「手」，盼夫君征途上野宿時持之縫連破衣，讓自己與他連在一起：「旅途露宿／和衣寢，若君／衣紐斷，／此針即我手，／持之可縫連」（拙譯第358首）——這些都是具「超現實」想像之作。《萬葉集》中處處可見歌人們「寫生」地對日常生活與周遭自然直抒感受，但也不時發現他們會透過一層薄薄的「懷舊、追奇」的色紙詠嘆眼前自然、人生。如是，讓我們在每日生活與自然之外看到《萬葉集》歌作題材的第三個範疇——傳說和傳奇。

「為爭妻而相鬥」是日本許多傳說、傳奇常見的主題。在日本「眾神的年代」、神話的年代，即便高山也會因爭妻互不相讓：「香具山／愛上畝傍山，／與耳成山／相爭不讓……」（拙譯第11首，天智天皇）。《萬葉集》中的「爭妻」傳奇，還包括被「傳奇歌人」高橋蟲麻呂所詠的「菟原處女」（拙譯第179首），被山部赤人、高橋蟲麻呂爭詠的「真間娘子」（拙譯第178首），或《萬葉集》卷十四：3786-3787首（本書未譯）無名氏所作的「櫻兒」之歌。值得一提的是，這些男子們互爭一美娘子的故事，結局都是可憐無助的女子自盡。

《萬葉集》中有些歌作觸及了返老還童的「長命水」，人仙聯姻、長生不老的「常世鄉」（仙鄉）以及其他靈異之事，

都可見道教元素在其中。大伴旅人受唐傳奇〈遊仙窟〉與《文選》中〈洛神賦〉、〈高唐賦〉感染的幻遊之作「遊松浦河贈答歌」及其序（拙譯第204、205首），具有類似或更深之意。跨越塵世藩籬的道家／道教概念豐富了《萬葉集》的詩歌世界，也是中國文學對《萬葉集》影響的例證之一。

　　《萬葉集》的詩歌語言充滿了強烈的官能性，是透過對身體感官（視覺、聽覺、味覺、觸覺……）的具體描繪——而非抽象、泛泛的方式——呈現心理的反應。譬如，在前面談到「萬葉假名」時所舉的一首無名氏短歌（拙譯第322首）中，作者將不能與所戀阿妹見面的自己，比作「如我母親所養／之蠶，隱於繭中……／我胸悶，心煩，／快窒息而死……」，生動地藉身體的反應（胸悶、窒息……）顯現自己的焦急、難熬。有趣的是，原始《萬葉集》居然以極富聽覺、視覺效果的萬葉假名（漢字）表記「胸悶，心煩，快窒息而死」這一句詩：「馬聲蜂音石花蜘蝪荒鹿」——即使不解這些萬葉假名，我們也彷彿能聞其聲、察其色、感覺其心荒／心慌。這樣的詞語當然非某個歌人所發明或獨有，而是全民族的文學資產——無分城鄉貴賤，所有的人都能用。「枕詞」的廣泛使用就是最好的說明。

　　雖然有時可能因意義不明而淪為「空響」，但多數時候，這些有聲、有色召喚周遭自然景象（物象）的「枕詞」，彷彿是一組和絃，前奏般引出後續的詞語（被枕詞）心弦／情感的主旋律（心象），復成為強化「被枕詞」的弦外之音。另一修辭技法「序詞」也同樣具這樣的「和聲式架構」。

　　《萬葉集》歌作雖具有其整體相通的獨有特質，但隨著時

代的變動，各階段歌風也自然有所不同。除了少數創作於天智天皇「近江京時代」之前的早期歌作，《萬葉集》歌作可大致分成兩階段：一、遷都奈良平城京之前（近江京時代、飛鳥京時代、藤原京時代）的歌作（667-710）；二、奈良時代的歌作（710-759）。前一階段歌作充滿鮮活、濃烈的情感，旺盛、蓬勃的開拓精神，語調上既有古雅的莊嚴，也有剛猛遒健的特質，雖然有時會有用詞不精或過猛之弊。後一階段的歌作，風格的流暢性與清晰性明顯提升，時而綻露憂鬱的氣息，時而在修辭上力求優雅，似乎有意以細緻的感性取代激情。這當然只是總體雄健、真摯、質樸的《萬葉集》內在變化的隱約動向，會受個別詩人才氣的影響而情況有所不同。

《萬葉集》裡的著名歌人有多位是王室成員，譬如早期的磐姬皇后（?-347）、雄略天皇、舒明天皇、齊明天皇（594-661），第一階段伊始的天智天皇（626-672）以及其屬於萬葉後期的孫子湯原王。但萬葉時代第一階段，無論詩風或才氣，最突出、最具代表性的的歌人應該是柿本人麻呂——他長、短歌兼擅，題材包括挽歌、讚歌、情詩、旅遊詩，歌作的每一場景都飽含熾烈的情感，聲調鏗鏘有力。就旅遊詩而言，高市黑人（7-8世紀）被認為可與柿本人麻呂媲美，但注視旅途景物的目光比「宮廷詩人」身分的柿本人麻呂更具私人情趣。此階段有一位鮮活機智，擅長即興成詩，敢以廁、屎入詩的奇才長意吉麻呂（7-8世紀）——他滑稽、重文字遊戲的趣味傾向，一方面呼應《萬葉集》「萬葉假名」文本中「戲書」等的遊戲美學，一方面開啟後世俳句的詼諧精神。

活躍於第二階段奈良時代初期的山部赤人（7-8世紀），與柿本人麻呂共享「詩聖」尊榮，但兩人詩風截然不同：柿本人麻呂對生活懷著滿腔熱情，山部赤人則以豁達的目光靜觀眼前的世界，詩風純淨而清朗。寫作許多淒美、異色傳奇之歌的高橋蟲麻呂（7-8世紀）是《萬葉集》中最擅敘事歌之作者，也是此期另一重要代表歌人。

　　《萬葉集》第二階段有一群以大伴家族為中心，被稱為「筑紫歌壇」（九州詩派）的耀眼歌人，其中以大伴旅人、大伴家持和曾任大伴旅人幕僚的山上憶良最為著名。他們都是那個時代學養豐富，浸淫於中國文化，深諳儒學、佛學，也頗受其影響的文人／武將。曾隨遣唐使船赴唐的山上憶良是儒家學者，對人倫和社會問題十分關注，所作〈貧窮問答歌〉（拙譯第188、189首）、〈思子歌〉（拙譯第185、186首）等長、短歌，流露強烈的漢詩味以及他悲觀、自抑的氣質。大伴旅人雖亦在歌作及其漢文序中展現出對中國文學的博學多聞，但終其一生都是一個熱情的人，一個地道的日本詩人。大伴家持是此一階段極出色的歌人，歌作內容和旨趣十分廣泛。身為年輕官吏的他寫過許多情詩給環繞其四周的美女。《萬葉集》4500首歌作中，十分之一以上是他的作品；《萬葉集》中與他有戀愛關係、已知名字的女性有十四位。他753年春寫的「依興作歌二首」頗令人矚目，第二首（拙譯第287首）如下：「風動我家／細竹叢——／細微細微地，在／此刻黃昏／幽幽迴響……」，此詩寧靜致遠，我們從中窺見詩人的靈魂——沉思而內斂，擺脫所有激烈的情緒，對大自然每一「風吹／竹動」細微現象欣有所感——頗有陶淵明「歸田園居」

似的自得與悠然。這些歌作是萬葉時代最後幾年迸生的新品種和歌。

大伴坂上郎女（約700-約750）——大伴旅人之異母妹，大伴家持的姑姑，後成為其岳母——是《萬葉集》眾多女歌人中極突出的一位。其他著名女歌人包括讓天智天皇、天武天皇「兄弟爭妻」（拙譯第11、19、20首）的額田王（?-690以後）——她可說是日本詩歌史上富機智、激情、膽識，才貌雙絕的第一位重要女詩人，下啟小野小町、伊勢、紫式部、和泉式部等女流歌人、物語作者。另外還有天武天皇皇女大伯皇女（661-702）——她寫其弟大津皇子（663-686）的幾首短歌（拙譯第38-42首），皆極感人、動人，讀之讓人落淚（其弟歌作亦動人、感人）；天武天皇另一皇女但馬皇女（?-708）——一位深陷愛情，大膽為愛發聲／行動的果敢女子（拙譯第46-48首）；以及前面已提過，因苦戀而寫出一系列深情歌作的狹野茅上娘子。

與大伴家持以短歌／戀歌互相應答的諸多女子，她們的歌作展現出或細膩或溫柔或濃烈的情感，幾乎都是上乘之作。最知名的幾位當屬笠女郎（8世紀）——她是與大伴坂上郎女並峙的奈良時代傑出女歌人；紀女郎（活躍於720-750）——詩歌語言風雅又戲謔，技巧高妙的萬葉後期代表歌人；平群氏女郎（8世紀）——她可能是大伴家持任「越中國守」之際他的側室。

最後，值得注意的是《萬葉集》裡眾多出色的無名氏歌作。《萬葉集》收錄的作者未詳之歌達二千餘首，佔全書約二分之一，主要集中於第7、9、10、11、12、13、14、15、16

卷，其中第14卷收錄了230首「東歌」。另外在第13、14、20卷中也有共百首作者未詳的「防人歌」。就風格、構思和譬喻而言，它們比宮廷詩人的歌作淺顯、直白，但素樸的質地有其獨特的魅力。在情感的真摯以及對大自然的觀察、體現上，亦絲毫不遜色。其中許多首具有民歌的特質，使得《萬葉集》成為一本真正的「人民的歌集」。這些身分卑微的歌人，借流傳於鄉間的古調的舊瓶，注入自己的感受，為《萬葉集》挹注清新可喜且氣息鮮活的元素，也為萬葉時代的思想和信仰以及各地區的生活情狀、樣式，投下眾聲喧嘩似的饒富趣味的光影。

　　包羅萬象的《萬葉集》集諸多選集與歌作於一身，可謂「眾選集之集」，它展示了「歌」（一如《詩經》的詩）可以載喜載悲，可以興、觀、群、怨等等的多面向功能。但最重要的也許是，《萬葉集》告訴我們：詩是一種須以百科全書的模式，分門別類，加以匯集的東西。詩是人類心靈的百貨公司，入口網站。《萬葉集》的編成不僅成為我們旅行詩歌世界可靠的指南，也是一座宏偉的詩學、詩藝紀念碑。

　　《萬葉集》受中國文學、中國文字影響極大，但吊詭的是，居然成為日本本國詩歌，乃至後世「國風文學」、「假名文學」的源頭。時至今日，萬葉詩歌蘊含的無窮青春活力與雄渾氣息，仍是日本各類文學取之不盡、用之不竭的力量泉源。

＊

　　拙譯《萬葉集：369首日本國民心靈的不朽和歌》分為四輯，前三輯為《萬葉集》中有作者名字之歌作，最後一輯為

「作者未詳」之無名氏歌作，前三輯大致依年代序，分三部分呈現歌人之作。全書選詩架構如下：

輯一：近江京時代前 & 近江京時代歌作（?-673）
輯二：飛鳥京時代 & 藤原京時代歌作（673-710）
輯三：奈良時代歌作（710-759）
輯四：無名氏歌作（多屬年代不明）

667年3月，日本中大兄皇子將都城從飛鳥（今奈良縣明日香村）遷至琵琶湖畔的近江（今滋賀縣）大津宮，於668年1月即位成為天智天皇。672年天智天皇去世，因皇位繼嗣問題，長子大友皇子（即弘文天皇）與天智天皇弟大海人皇子之間發生了日本古代最大的內亂「壬申之亂」，大海人皇子獲勝，於673年即位為天武天皇，定都飛鳥淨御原宮。天武天皇於686年去世，其妻承繼夫業掌政，於690年即位為持統天皇，694年遷都藤原宮（今奈良縣橿原市）。710年元明天皇又遷都平城京（奈良），至784年桓武天皇遷都長岡京止，以平城京為都的這七十四年，史稱「奈良時代」。《萬葉集》中年代最早的歌作應是西元四世紀磐姬皇后所作四首短歌（拙譯第1至第4首），年代最晚的則是759年新春大伴家持所作短歌（拙譯第288首）。因此，本書輯一所謂「近江京時代」歌作大致在667-673年間，輯二「飛鳥京時代」歌作大致在673-694年間，「藤原京時代」歌作大致在694-710年間，而輯三「奈良時代歌作」大致在710-759年間，輯四「無名氏歌作」則多屬年代不明之作。輯四所收「防人歌」、「遣新羅使

歌」、「遣唐使歌」，有些雖見作者姓氏，但因生平事實全不可考，故亦列為「作者未詳」之作。另外，收於輯二的《柿本人麻呂歌集》之作也都是作者未詳之歌。

本書所收的三百六十九首歌作，每首前頭皆附有譯者的編號和《國歌大觀》中的《萬葉集》編號，歌後則附有日文原詩以及羅馬字注音。我們也在大部分歌作後加上「譯者說」的註解，講述歌作的背景和意涵。在書末，則附有「歌人小傳／索引」，供讀者瞭解本書中出場的《萬葉集》歌人的生平，並可依據索引在本書中找到想閱讀的歌人作品。

一如過去兩三年間我們在編選、翻譯幾本日本俳句、短歌選時所遇情況，選譯此本《萬葉集：369首日本國民心靈的不朽和歌》時，我們花在檢視、確定每一首日文原詩文本及其注音的時間，絕不少於翻譯工作本身。拙譯《萬葉集：369首日本國民心靈的不朽和歌》的羅馬字注音，除了參考相關日文版《萬葉集》的注音假名外，受益於底下網頁或圖書處頗多：一、The Oxford-NINJAL Corpus of Old Japanese（「ONCOJ」）網頁（2020年第三版），這是英國牛津大學與日本國立國語研究所（NINJAL）合作的網頁，收錄有《萬葉集》全部詩作的羅馬字注音；二、東京「日本學術振興會」編選的《萬葉集千首英譯》（*The Manyōshū: One Thousand Poems Selected and Translated from the Japanese*，1940，岩波書店）——此書在美國先後有1941年芝加哥大學出版社版、1965年哥倫比亞大學出版社版、2005年多佛出版社版；三、哈佛大學教授克朗斯頓（Edwin A. Cranston）編選、譯註的《和歌選，卷一：珠光杯》（*A Waka Anthology, Vol. 1: The Gem-Glistening Cup*，

1993，史丹佛大學出版社）——此書收錄的《萬葉集》歌作有1300多首。後二書對拙譯《萬葉集：369首日本國民心靈的不朽和歌》分輯與歌人歌作呈現方式頗有啟發之功。此篇譯者序，倚重、依循「日本學術振興會」一書處甚多。《萬葉集：369首日本國民心靈的不朽和歌》全書中所述月、日，除年份屬二十一世紀者指陽曆外，其餘皆指陰曆。

近一段時間來，我們幾乎日日夜夜勞心、勞力於與《萬葉集：369首日本國民心靈的不朽和歌》有關的閱讀、選譯與推敲工作。網路上數量驚人的日本國內以及國外各方研究者、研究機構的《萬葉集》研究成果與資料庫，給了我們極大的幫助。家中書架上自藏的相關日文書籍外，要特別感謝出版公司自日本買來佐竹昭廣等學者校注的岩波文庫版《萬葉集》（全五冊，2013年第1刷，2019年第10刷，岩波書店），作我們的後盾。這本《萬葉集：369首日本國民心靈的不朽和歌》的出版，於我們是一個美麗的休止符，讓我們適時停歇下過去數年「一千零一夜」似對日本古典詩歌一頁又一頁的閱讀、翻譯工作。休止符暫現，美好的音樂永在心頭……我們願意再說一句：此書能以繁體中文在台灣美妙精印面世，實在是從小聽父母們以日語交談的我們一生之幸。

2023 年 1 月 台灣花蓮

近江京時代前 &
近江京時代歌作

（?-673）

磐姬皇后（Iwa no Hime Kōgō，?-347）

001 〔卷二：85〕
　　君出行久矣
　　日復一日綿長，
　　我該去山野間尋你
　　迎你歸來，或者
　　徒然等待又等待？

☆君が行き日長くなりぬ山尋ね迎へか行かむ待ちにか待たむ
kimi ga yuki / kenagaku narinu / yama tazune / mukae ka yukan /
machi ni ka matan

譯者說：此詩有題「磐姬皇后思天皇御作歌四首」，此四首歌即本書此處所譯編號第1至第4這四首詩，第1首有注謂「山上憶良臣《類聚歌林》載焉」，是磐姬皇后思念仁德天皇（313-399年在位）之戀歌，盼外出巡遊的天皇早日歸來。此四首短歌被認為是《萬葉集》中年代最早之作。歷史記載磐姬皇后是個性激烈、善妒的女子，這四首歌溫柔多情，有些學者認為應非出於磐姬皇后之手，可能係後人假託之作。

002〔卷二：86〕
　　啊，與其如許
　　思戀你
　　苦難堪，我情願
　　躺身高山
　　以岩石為枕而死

☆かくばかり恋ひつつあらずは高山の岩根しまきて死なましも
のを
kaku bakari / koitsutsu arazuwa / takayama no / iwane shi makite /
shinamashi mono o

003〔卷二：87〕

而終竟我守在
此處待君，
直至我飄逸的
黑髮染霜
飛白

☆ありつつも君をば待たむ打ち靡くわが黒髪に霜の置くまでに
aritsutsu mo / kimi oba matan / uchinabiku / waga kurokami ni / shimo no oku madeni

004〔卷二：88〕

秋日田穗上
晨霧彌漫──
霧散有時，
我的思念何時
何處方止？

☆秋の田の穂の上に霧らふ朝霞何処辺の方にわが恋ひ止まむ
aki no ta no / ho no e ni kirau / asagasumi / itsue no kata ni / waga koi yaman

雄略天皇（Yūryaku Tennō，418-479）

005〔卷一：1〕
　　　竹籃啊，
　　　提著可愛的竹籃，
　　　木鏟啊，
　　　手持小巧的木鏟，
　　　山岡上
　　　採野菜的美少女啊，
　　　請告訴我
　　　你的家你的名。
　　　天空下
　　　這廣袤的大和國，
　　　每一處
　　　都見我君臨，
　　　每一寸土
　　　都歸我治理，
　　　啊，我已
　　　告訴你
　　　我的家我的名！

☆籠もよ／み籠持ち／掘串もよ／み掘串持ち／この岡に／菜摘
ます児／家聞かな／名告らさね／そらみつ／大和の国は／おし
なべて／我こそ居れ／しきなべて／我こそ座せ／我こそは／告
らめ／家をも名をも

ko mo yo / miko mochi / fukushi mo yo / mibukushi mochi / kono oka ni / na tsumasu ko / ie kikana / nanorasane / soramitsu / yamato no kuni wa / oshinabete / ware koso ore / shikinabete / ware koso mase / ware koso wa / norame / ie o mo na o mo

譯者說：此首「長歌」（chōka）是《萬葉集》第一卷第一首作品，有題「天皇御製歌」，歌中雄略天皇（456-479年在位）問採野菜的少女什麼名字、什麼人家，頗像今人向喜歡的女生問手機號碼或請求「加為好友」，但古代日本女子如果說出自己姓名，就代表答應對方的求婚。日文原詩中的「掘串」為以木頭或竹子作成的掘土的工具。此歌雖天皇所作，但聲調曼妙、親切簡樸，甚為可愛。古代日本長歌常見的兩技巧是：一、「興」而後「賦」（先「籌備氣氛」接著「給出結論」）；二、平行句法（對句）。此首長歌以竹籃、木鏟簡單起興，但很快地就切入正題，從頭到尾以平行句法，跌宕有致地透過歌唱求愛。《萬葉集》全書兩大主題──對愛情，以及對權力（包括國族／國土壯盛、壯麗）的詠嘆、歌讚，俱在此矣！《萬葉集》編纂者將此歌列為開卷之作，實為高明之舉。比《萬葉集》更早的日本古籍《古事記》與《日本書紀》中也收有多首雄略天皇之詩，並且描述他是擅長追求女人的情聖。此首長歌詩型較自由，夾有三音節、四音節、六音節句式，尚未發展成後來定型的5-7-5-7…5-7-7音節的長歌格式。雄略天皇別名「大泊瀨幼武」，可能就是《宋書·倭國傳》所記載的倭王武。他在位的5世紀後半是「大和朝廷」（大和政權）實力伸張的最後階段。大和政權是4世紀至7世紀以大和地區（今奈良縣）為中心，日本列島中、西部諸豪族政治勢力的聯合體。

聖德太子（Shōtoku Taishi，574-622）

006〔卷三：415〕
　　在家中有愛妻
　　手臂纏繞
　　交頸眠，哀哉
　　如今以草為枕
　　魂斷旅途

☆家ならば妹が手まかむ草枕旅に臥やせるこの旅人あはれ
ie naraba / imo ga te makan / kusamakura / tabi ni koyaseru / kono
tabito aware

譯者說：此詩有題「上宮聖德皇子出遊竹原井之時，見龍田山死
人，悲傷御作歌一首」。聖德皇子即聖德太子，此詩悲悼曝屍野地
的無名旅人，出現了日本人後來常說的「物哀」的「哀」（哀れ、あ
はれ，音aware，悲哀、可憐、愛憐、感動……等意）一詞，讓他成
為《萬葉集》裡第一個使用此詞的歌人。

舒明天皇（Jomei Tennō，593-641）

007〔卷一：2〕

大和之國
群山在焉，
最神秀者
天降香具山。
登高望遠
視我家邦，
廣闊平野
炊煙嫋嫋，
浩瀚海原
鷗鳥飛翔。
啊，豐美之國，
秋津島，
大和國！

☆大和には／群山あれど／とりよろふ／天の香具山／登り立ち／国見をすれば／国原は／煙立ち立つ／海原は／鷗立ち立つ／うまし国ぞ／蜻蛉島／大和の国は

yamato ni wa / murayama aredo / toriyorou / ame no kaguyama / noboritachi / kunimi o sureba / kunihara wa / keburi tachitatsu / unahara wa / kamame tachitatsu / umashi kuni zo / akizushima / yamato no kuni wa

譯者說：此首長歌有題「天皇登香具山望國之時，御製歌」，乃舒明天皇（629-641年在位）所作，日本第一批遣唐使即是他即位第二年

42

所派。其皇宮「高市岡本宮」位於今奈良縣高市郡。香具山，又名「天之香具山」，被視為從天而降的「天山」，與畝傍山、耳成山並為大和三大山。日文原詩中的「蜻蛉島」是置於「大和」之前的「枕詞」（冠於特定字詞前，用於修飾，增強氛圍或調節節奏之詞語，每每語意不明或無實質意味），此處譯為「秋津島」——日本人對其國土的雅稱。

008〔卷八：1511〕

夕暮時，小倉山上
悲鳴求偶的
牡鹿，今夜未聞
其聲——莫非
已獲妻共寢？

☆夕されば小倉の山に鳴く鹿は今夜は鳴かず寝ねにけらしも
yū sareba / ogura no yama ni / naku shika wa / koyoi wa nakazu / inenikerashimo

譯者說：此詩有題「岡本舒明天皇御製歌一首」，舒明天皇此作應是日本詩歌史上最早以鹿鳴求偶為題材之詩。小倉山正確位置不明，有一說認為在今奈良縣櫻井市一帶。

齊明天皇（Saimei Tennō，594-661）

009〔卷四：486〕

　　味鴨成群

　　聒噪地飛過

　　山頭——但我心

　　寂寥，因為聽到的

　　非君聲

☆山の端にあぢ群騒き行くなれどわれはさぶしゑ君にしあらね
ば

yama no ha ni / ajimura sawaki / yuku naredo / ware wa sabushie /
kimi ni shi araneba

譯者說：此詩有題「岡本天皇御製一首並短歌」，似出自女性之筆，
判斷應為齊明（女）天皇所作。其皇宮亦在大和國岡本宮。她是舒
明天皇皇后，天智、天武皇帝之母，舒明天皇死後繼位。此處所譯
第9、第10首詩為所附兩首短歌，《萬葉集》中稱為「反歌」
（hanka）——附在長歌之後，用以概述長歌重點或加以補充之短
歌。此詩日文原作中「あぢ」即「味鴨」（あじがも），鴨之一種，
又稱巴鴨、花臉鴨、花臉鳧。詩中的山在琵琶湖所在的今滋賀縣
內。

010 〔卷四：487〕

　　近江道
　　鳥籠山邊
　　不知哉川日日流——
　　我不知道日來
　　你也思念我嗎？

☆近江道の鳥籠の山なる不知哉川日のころごろは恋ひつつもあ
らむ

ōmiji no / toko no yama naru / isayagawa / ke no korogoro wa /
koitsutsu mo aran

譯者說：近江道，亦稱淡海路，通往近江國之道。鳥籠山在今滋賀
縣內。「不知哉」一詞在此詩中是雙關語，一為「不知哉川」（又稱
芹川，自琵琶湖流出，經滋賀縣）之名，一為表懷疑、不知、不確
定之嘆詞。

天智天皇〔中大兄皇子〕（Tenji Tennō，626-672）

011〔卷一：13〕

香具山
愛上畝傍山，
與耳成山
相爭不讓——
自眾神的年代以來
此情即如是，
曩昔
有先例
莫怪此世之人
為爭豔妻
亦相鬥

☆香具山は／畝傍を愛しと／耳成と／相争ひき／神代より／かくに
あるらし／古も／然にあれこそ／うつせみも／妻を／争ふらしき

kaguyama wa / unebi o oshi to / miminashi to / aiarasoiki / kamiyo
yori / kaku ni aru rashi / inishie mo/ shika ni arekoso / utsusemi mo /
tsuma o / arasou rashiki

譯者說：此詩有題「中大兄三山歌並短歌二首」，乃天智天皇為皇子
時所作。「三山」即大和三山——香具山、畝傍山、耳成山（或稱耳
梨山）。此首長歌將畝傍山比為女性，將耳成山、香具山比為男
性，兩男為一女相爭，與現實生活中後為天智天皇的中大兄皇子，
與其弟大海人皇子（後為天武天皇）爭奪額田王的三角關係相呼應，
頗令人玩味。底下（第12首）譯詩，為此首長歌所附兩首短歌中的
第二首。

012 〔卷一：15〕

　　落日為海上

　　絢麗如旗的長雲

　　鑲金條——

　　今宵，月光當

　　清又明！

☆渡津海の豊旗雲に入日さし今夜の月夜清明くこそ

watatsumi no / toyohatagumo ni / irihi sashi / koyoi no tsukuyo /
akirakekukoso

譯者說：中大兄皇子（天智天皇）此作，同時將日與月納入一首短
歌中，聲調鏗鏘，意象華美，頗有王者之風。

有間皇子（Arima no Miko，640-658）

013〔卷二：141〕
　　引岩代海濱
　　松枝打結
　　祈福，若有幸
　　無禍歸來
　　當再見此結

☆磐代の浜松が枝を引き結び真幸くあらばまた帰り見む
iwashiro no / hamamatsu ga e o / hikimusubi / masakiku araba / mata
kaerimin

譯者說：此首與下一首（第14首）短歌，有題「有間皇子自傷結松
枝歌二首」。有間皇子為孝德天皇之子，齊明天皇四年（658年）11
月，因受朝臣蘇我赤兄慫恿謀反獲罪，被押解至齊明天皇所在的紀
伊溫泉（今和歌山縣），此詩即為其途中所作。11月9日，中大兄皇
子審問其謀叛動機時，有間皇子答以「天與赤兄知，吾全不知」。11
月11日，被絞死於藤白坂（今和歌山縣海南市），死時僅十九歲。
日文原詩中「磐代」即今和歌山縣日高郡南部町岩代地區。將松枝
打結是昔時避邪、祈福之俗。

014〔卷二：142〕

　　若在家中
　　有竹器盛美食，
　　羈旅在外，以草
　　為枕，只能取
　　椎葉盛飯

☆家にあれば笥に盛る飯を草枕旅にしあれば椎の葉に盛る
ie ni areba / ke ni moru ii o / kusamakura / tabi ni shi areba / shii no
ha ni moru

譯者說：日文原詩中的「笥」（け：ke），為盛飯食的竹器。椎（し
い：shii），又稱米櫧，有橢圓形厚葉的常綠喬木。「草枕」
（kusamakura）為修飾「旅」之枕詞。

軍王（Ikusa no Ōkimi，7世紀）

015〔卷一：6〕
　　山風陣陣
　　越嶺而來，
　　我夜夜獨眠
　　心懸
　　家中阿妹

☆山越しの風を時じみ寝る夜おちず家なる妹を懸けて偲ひつ
yamagoshi no / kaze o tokijimi / nuru yo ochizu / ie naru imo o /
kakete shinoitsu

譯者說：此詩有題「幸讚岐國安益郡之時，軍王見山作歌並短歌」，
此首為其短歌。詩後有注，引山上憶良《類聚歌林》謂舒明天皇
十一年（639年）己亥冬十二月曾幸於伊予溫泉——此為軍王此歌所
作時間。日文原詩中的「妹」（imo，此處譯作「阿妹」），是對妻子
或戀人的暱稱。

額田王（Nukata no Ōkimi，?-690 以後）

016 〔卷一：8〕
　　　乘船熟田津，
　　　張帆待
　　　月出——
　　　啊，潮水滿漲，
　　　搖槳出發吧……

☆熟田津に船乗りせむと月待てば潮もかなひぬ今は漕ぎ出でな
nikitatsu ni / funanori sen to / tsuki mateba / shio mo kanainu / ima
wa kogi idena

譯者說：此詩為西元 661 年春正月，齊明（女）天皇御船西征，救
援百濟，在熟田津（今愛媛縣松山市道後溫泉〔伊予溫泉〕附近港
口）等候潮滿出發時，隨行的額田王所詠之歌，是一首祈神保佑航
海平安並鼓舞全軍士氣之歌。

017 〔卷一：16〕

　　嚴寒冬籠去

　　春天又登場，

　　不鳴鳥

　　來鳴，

　　未綻花

　　爭放，

　　樹林翁鬱

　　入山尋花難，

　　野草深密

　　看花摘花何易？

　　秋山

　　樹葉入眼，

　　紅葉

　　取來細珍賞，

　　青葉

　　嘆留在枝上——

　　雖有此微恨，

　　秋山獲我心！

☆冬ごもり／春さり来れば／鳴かざりし／鳥も来鳴きぬ／咲か
ざりし／花も咲けれど／山を茂み／入りても取らず／草深み／
取りても見ず／秋山の／木の葉を見ては／黄葉をば／取りてぞ

偲ふ／青きをば／置きてぞ嘆く／そこし恨めし／秋山我は

fuyugomori / haru sarikureba / nakazarishi / tori mo kinakinu / sakazarishi / hana mo sakeredo / yama o shimi / iritemo torazu / kusa fukami / toritemo mizu / akiyama no / konoha o mite wa / momichi oba / torite zo shinou / aoki oba / okite zo nageku / soko shi urameshi / akiyama ware wa

譯者說：此詩有題「天皇詔內大臣藤原朝臣，競憐春山萬花之艷、秋山千葉之彩時，額田王以歌判之歌」。天皇即天智天皇，藤原朝臣即藤原鎌足（其歌作見本書第24首）。春花秋葉萬艷千彩競妍，孰美？孰又更美？孰可憐？孰又更可憐？我們的美麗女歌仙、總決審額田王，毅然地舉起「物哀」（もののあはれ，mono no aware，物之哀憐、愛憐、感動、情趣）尺再三衡量，判青熟並置、青紅同現，葉色可親可觸的秋天險勝！詩中她說春天萬物滋長，草木繁茂，入山看花、摘花反不易，晚秋草木枯，遂得進山，近身賞紅葉之美。對句（對仗之句法）的使用與花、鳥之對比等，頗見中國古典詩之跡。此詩頗有趣，且多方讓人玩味。可以想像可能在一場宮廷（秋日）盛宴中，在眾（男）臣應天皇命，競詠「漢詩」議論春花秋葉優劣後，（女）歌人額田王即興以一首「和歌」了結群「漢」之爭鳴（「以歌判之歌」），為盛宴漢詩會閉幕。冬籠（冬ごもり，音 fuyugomori），指冬日下雪、天寒，草木人獸彷彿都處於受囚、閉居狀態，此處是置於「春」之前，用以修飾此字之「枕詞」。

018 〔卷一：18〕

三輪山啊，怎麼
被遮掩了？
但願雲有情，
不要頻頻將山的
容顏遮隱……

☆三輪山をしかも隱すか雲だにも心あらなも隱さふべしや
miwayama o / shika mo kakusu ka / kumo dani mo / kokoro arana mo /
kakusoubeshi ya

譯者說：此詩有題「額田王下近江國時作歌」。三輪山，在奈良盆地
東南方，古稱神山，有甚多傳說。

019 〔卷一：20〕

　　你走在紫草園裡，

　　走在天皇的

　　狩獵場上——不怕

　　守吏看見嗎，對著我

　　振動你的衣袖？

☆あかねさす紫野行き標野行き野守は見ずや君が袖振る

akane sasu / murasakino yuki / shimeno yuki / nomori wa mizu ya /
kimi ga sode furu

譯者說：此詩有題「天皇遊獵蒲生野時，額田王作歌」，是西元668
年5月5日，額田王隨天智天皇遊獵於近江蒲生野之御獵場時所作之
歌。當時大海人皇子（後為天武天皇）等諸王、群臣都受召齊來出
獵。詩中的「你」即指額田王的舊愛大海人皇子。揮動衣袖是昔日
男女示愛之舉。大海人聞此詩後答以下面這首（第20首）短歌——

大海人皇子〔天武天皇，Tenmu Tennō〕

020〔卷一：21〕
　　你比紫草還美艷，
　　妹啊你讓我心生
　　妒恨，
　　已為他人妻
　　更讓我思戀！

☆紫草のにほへる妹を憎くあらば人妻ゆゑにわれ恋ひめやも
murasaki no / nioeru imo o / nikuku araba / hitozuma yue ni / ware
koime ya mo

譯者說：此詩有題「皇太子答御歌」，是大海人皇子答額田王上一首
短歌（第19首）之作。大海人皇子繼位為天武天皇（673至686年在
位）後之歌作，見本書第27、28首。

額田王（Nukata no Ōkimi）

021〔卷二：151〕
早知事如此，
當初吾君
御船泊港時，當以
界繩將其圍住
阻其死亡行

☆かからむとかねて知りせば大御船泊てし泊りに標結はましを
kakaranto / kanete shiriseba / ōmifune / hateshi tomari ni / shime
yuwamashi o

譯者說：此詩有題「天智天皇大殯之時歌」，是額田王悼念天智天皇
之作。以界繩圍住御船，或意謂阻其出航，留住大君，避開日後不
幸，或表示祈神護佑，阻止惡靈侵入。

022〔卷四：488〕

我等候，我
渴望你：
我的門簾
掀動——啊，
是秋風……

☆君待つとわが恋ひをればわが屋戸のすだれ動かし秋の風吹く
kimi matsuto / waga koioreba / waga yado no / sudare ugokashi / aki
no kaze fuku

譯者說：此詩有題「額田王思近江天皇（即天智天皇）作歌」。不知
是不是寫得太好了，又被重複收於《萬葉集》卷八「秋相聞」中（卷
八：1606）。額田王之姊鏡王女聞此歌後，作了底下（第23首）這
首短歌——

鏡王女（Kagami no Ōkimi，?-683）

023〔卷四：489〕

你還有風戀你，
令人羨，
我等候風來
而風不來──
如何不哀嘆！

☆風をだに恋ふるは羨し風をだに来むとし待たば何か嘆かむ
kaze o dani / kouru wa tomoshi / kaze o dani / kontoshi mataba /
nanika nagekan

譯者說：《萬葉集》卷二裡收有鏡王女與天智天皇的「相聞」歌（往
來情詩），據說她也是天智天皇的妃子。果真如此，此詩中她等候
的那位「風」流人物，當亦是天智天皇。

藤原鐮足（Fujiwara no Kamatari，614-669）

024〔卷二：95〕

　　我今有幸

　　娶得了安見兒，

　　眾人都說

　　很難追到手，啊

　　我娶得了安見兒！

☆我はもや安見児得たり皆人の得難にすとふ安見児得たり
ware wa mo ya / yasumiko etari / minahito no / egateni su tou /
yasumiko etari

譯者說：此詩有題「內大臣藤原卿娶采女安見兒時作歌一首」，是非
常可愛的一首短歌——有幸娶得「女神」級的美人歸，喜不自勝，
忘我、「跳針」似地連呼「我娶得了安見兒」！本書前一首詩（第
23首）作者鏡王女為藤原鐮足正室（據說是天智天皇所賜），現又
獲天皇賜采女安見兒——有妻又納新歡，怎能不歡欣作歌呢！

佚名（7世紀）

025〔卷九：1665〕
　　我為家中妹子
　　採珍珠，
　　海中的白浪啊
　　趕快把珍珠
　　捲上來！

☆妹がため我れ玉拾ふ沖辺なる玉寄せ持ち来沖つ白波
imo ga tame / ware tama hiriu / okie naru / tama yosemochiko / okitsu
shiranami

譯者說：此詩有題「岡本宮御宇天皇幸紀伊國時歌二首」，此為其第
一首。作者未詳，據推斷是658年10月隨齊明天皇出遊白濱溫泉時
所作。譯文中「妹子」（一如「阿妹」）一詞，指妻子或情人。

婦人（Ominame，7世紀）

026〔卷二：150〕

    浮世之身如我
    豈配與神促膝，
    與君幽冥相隔
    朝朝我嘆我君，
    遠遠離君而居
    我心深戀我君。
    君如果是玉
    願常繞我腕不移，
    君如果是衣
    永親我肌膚不離。
    我心深戀
    我君，啊昨夜
    入夢來見……

☆うつせみし／神に堪へねば／離居て／朝嘆く君／放り居て／わが恋ふる君／玉ならば／手に巻き持ちて／衣ならば／脱く時もなく／わが恋ふる／君ぞ昨夜の夜／夢に見えつる

utsusemi shi / kami ni aeneba / hanareite / asa nageku kimi / sakariite / waga kouru kimi / tama naraba / teni makimochite / kinu naraba / nuku toki mo naku / waga kouru / kimi zo kizo no yo / ime ni mietsuru

譯者說：此詩有題「天皇崩時，婦人作歌一首，姓氏未詳」，是一首侍奉天皇的宮女或嬪妃所作、悼念天智天皇的長歌。從詩中動人而深情的意象來看，歌者應是與天皇有肌膚之親的女子。

飛鳥京時代 &
藤原京時代歌作

（673-710）

天武天皇（Tenmu Tennō，631-686）

027〔卷一：25〕

大哉吉野
耳我嶺，
雪降
無分季，
雨落
無間斷。
雪既無分
時節紛紛降，
雨既無間
無斷紛紛落，
曲折路轉處
我心亦曲折，
行思思行越山道

☆み吉野の／耳我の嶺に／時なくそ／雪は降りける／間なくそ／雨は降りける／その雪の／時なきが如／その雨の／間なきが如く／隈もおちず／思ひつつぞ来し／その山道を

mi yoshino no / mimiga no mine ni / toki nakuso / yuki wa furikeru / ma nakuso / ame wa furikeru / sono yuki no / toki naki ga goto / sono ame no / ma naki ga gotoku / kuma mo ochizu / omoitsutsu zo koshi / sono yamamichi o

譯者說：此詩有題「天皇御製歌」，為天武天皇之作。可能為「壬申之亂」（672 年）前避居吉野時所作，或者得勝後追憶往事之作。

028〔卷二：103〕

　　皚皚大雪
　　降落我住的地方，
　　但在大原——你們
　　老舊的村落，恐怕
　　晚一點才會降下

☆我が里に大雪降れり大原の古りにし里に降らまくは後
waga sato ni / ōyuki fureri / ōhara no / furinishi sato ni / furamaku wa
nochi

譯者說：此詩有題「天皇賜藤原夫人御歌一首」，為天武天皇贈藤原
夫人（又名大原大刀自，藤原鎌足之女，天武天皇之妻）之歌。此
詩聲音頗曼妙，除了出現六次的尾韻「i」之外，又安排了「ō」
（ōyuki、ōhara）與「fur」（fureri、furinishi、furamaku）的「頭韻」。
下面一首（第29首）為藤原夫人的答作，兩詩形成一組頗為有趣的
「夫妻鬥嘴歌」——

藤原夫人（Fujiwara no Bunin，7世紀）

029〔卷二：104〕
　　是我家山岡龍神
　　聽從我言，方見
　　雪降——也許有兩三
　　碎片，飛散到了
　　你住的地方

☆我が岡の龗に言ひて降らしめし雪の摧けし其処に散りけむ
waga oka no / okami iite / furashimeshi / yuki no kudakeshi / soko ni
chiriken

譯者說：日語「龗」（おかみ：okami），龍神，司管下雨、下雪之
神。

持統天皇（Jitō Tennō，645-703）

030〔卷一：28〕
　　春去也
　　夏似已來到，
　　天香具山上
　　白衣晾曬
　　銀光耀……

☆春過ぎて夏来るらし白妙の衣乾したり天の香具山
haru sugite / natsu kitaru rashi / shirotae no / koromo hoshitari / ame
no kaguyama

譯者說：此詩有題「天皇御製歌」，為持統（女）天皇之作，後被選
入藤原定家（1162-1241）所編《小倉百人一首》而廣為流傳。「天
の香具山」即天香具山或香具山，位於日本奈良縣橿原市，傳說是
從天而降的聖山。

031〔卷二：160〕

　　不是說能取

　　燃燒之火於手中，

　　將之裝進

　　袋裡嗎？但我未曾

　　知曉如是神通

☆燃ゆる火も取りて裏みて袋には入ると言はずや面知らなくも
moyuru hi mo / torite tsutsumite / fukuro ni wa / iru to iwazu ya / omo
shiranaku mo

譯者說：此詩有題「一書曰，天皇崩之時，太上持統天皇御製歌二
首」，為天武天皇去世時，持統女天皇所作。此為其第一首。此首
短歌最後幾個字（「面知らなくも」或「面智男雲」），是《萬葉集》
裡著名的難解、有爭議之句，此處此句注音與文意，參考日本國學
家武田祐吉（著有《萬葉集全講》）以及哈佛大學日本文學教授克
朗斯頓（Edwin A. Cranston）等專家之見，試折衷出一妥適、可解之
譯本。持統女天皇說她無神通取火入袋或者讓亡魂復活，所以，悲
哉，她無法與亡夫（天武天皇）再相會了。

大津皇子（Ōtsu no Miko，663-686）

032 〔卷二：107〕
山中久立
候妹至——
山中露水
滴滴
濕我衣……

☆あしひきの山のしづくに妹待つと我が立ち濡れぬ山のしづく
に

ashihiki no / yama no shizuku ni / imo matsu to / ware tachinurenu /
yama no shizuku ni

譯者說：此詩有題「大津皇子贈石川郎女御歌」。大津皇子為天武天
皇第三子，母為天智天皇之女大田皇女。日文詩中「あしひきの」
（足引の：ashihiki no）為「枕詞」，慣常出現於「山」字之前，但
語意不明。石川郎女以底下（第33首）短歌回答大津皇子此詩——

石川郎女（Ishikawa no Iratsume，7世紀）

033〔卷二：108〕
　　候我於山中，
　　露沾君衣袖——
　　啊，願化作那
　　滴滴露水
　　濕濡君身……

☆我を待つと君が濡れけむ足引の山のしづくにならましものを
a o matsuto / kimi ga nureken / ashihiki no / yama no shizuku ni / naramashi mono o

譯者說：《萬葉集》裡以「石川郎女」或「石川女郎」之名登場的作者共七人，但據研究可能分屬三至五人。本書所譯石川郎女之歌（第33、35首），應屬同一人所作。據說石川郎女本來是草壁皇子（662-689，天武天皇與持統女天皇之子）的情人，後來轉向追求她的大津皇子。因為這樣的三角關係，才會有此處第32、33首詩中描述的為掩人眼目的「山中秘密約會」，以及後面第34首詩提到的「秘情暴露」。《萬葉集》裡也有一首草壁皇子（日並皇子）贈石川郎女（字「大名兒」）的情歌（卷二：110）——

　　大名兒啊，
　　我連遠方野地上
　　被割下的一束萱草
　　一掌寬的短暫時間，
　　都無法將你忘懷……

☆大名児を彼方野辺に苅る草の束の間も我忘れめや

ōnako o / ochikata noe ni / karu kaya no / tsuka no aida mo / ware
wasureme ya

大津皇子（Ōtsu no Miko）

034〔卷二：109〕
　　明知津守
　　會卜知此事
　　暴露我倆秘情——
　　我們仍執意
　　雙宿雙飛

☆大船の津守が占に告らむとはまさしに知りて我が二人寝し
ōbune no / tsumori ga urani / noramu towa / masashi ni shirite / waga
futari neshi

譯者說：此詩有題「大津皇子竊婚石川女郎時，津守連通占露其
事，皇子御作歌一首」。此事細節未詳。詩中的「津守」是一名陰陽
師，占卜專家。

石川郎女（Ishikawa no Iratsume）

035〔卷二：129〕
　　吾今老矣，
　　如何老嫗猶
　　談戀愛——
　　耽溺其中
　　像個小孩！

☆古りにし嫗にしてやかくばかり恋に沈まむ手童の如
furinishi / omina nishite ya / kaku bakari / koi ni shizuman / tawarawa
no goto

譯者說：此詩有題「大津皇子宮侍石川女郎贈大伴宿禰宿奈麻呂
歌」，表明此「石川女郎」是大津皇子宮中侍女，但此詩應是大津皇
子死後多年之作，詩中的石川郎女轉眼已成「老嫗」（雖然年老心不
老），不復年輕了。受贈此歌的大伴宿奈麻呂，是大納言兼大將軍
卿大伴安麻呂的第三子，大伴旅人的異母弟，也是大伴坂上郎女的
異母兄，與大伴坂上郎女結婚生下坂上大娘（大伴家持之妻）與坂
上二娘。

大津皇子（Ōtsu no Miko）

036〔卷八：1512〕
      無經線或緯線
      幫忙定形，
      少女們織就的山中
      紅葉華錦上──
      寒霜啊，切莫降下

☆経もなく緯も定めず娘子らが織る黄葉に霜な降りそね
tate mo naku / nuki mo sadamezu / otomera ga / oru momichiba ni /
shimo nafurisone

譯者說：此首秋歌甚美。秋日山中，紅葉交織如錦，渾然天成──
詩中織就此美景／美錦的「少女們」（娘子），蓋天仙也。

037〔卷三：416〕

磐余池間
群鴨鳴，
今日見後──
雲中消隱，我身
絕塵寰……

☆ももづたふ磐余の池に鳴く鴨を今日のみ見てや雲隱りなむ
momozutau / iware no ike ni / naku kamo o / kyō nomi mite ya /
kumogakurinan

譯者說：此詩傳為大津皇子辭世之作，西元686年賜死自盡前，於
磐余池畔流淚所作。磐余在今奈良縣，大津皇子即死於磐余王府
內，據說自殺前繞池再三，撫膺大哭。他另有一首以漢詩寫成的
〈五言臨終一絕〉（收錄於751年編成，日本最古老的日人所寫的漢
詩選《懷風藻》中）：「金烏臨西舍，鼓聲催短命。泉路無賓主，此
夕誰家向？」

大伯皇女（Ōku no Himemiko，661-702）

038〔卷二：105〕
目送阿弟
回大和，
終宵佇立──
曉露沾襟
如淚漬……

☆わが背子を大和へ遣るとさ夜深けて曉露に吾が立ち濡れし
waga seko o / yamato e yaru to / sayo fukete / akatokitsuyu ni / waga tachinureshi

譯者說：此詩與下一首（第39首）詩有題「大津皇子竊下於伊勢神宮上來時，大伯皇女御作歌二首」，是大津皇子有感局勢於己不利，潛往伊勢神宮向其姊傾訴心事，臨別時大伯皇女送別胞弟之作──既為其弟命運擔心，又憂秋山旅途崎嶇──言簡情濃，感人至深。

039〔卷二：106〕
　　二人同行
　　尚且行路難，
　　如何你啊
　　隻身
　　越秋山……

☆二人行けど行き過ぎ難き秋山をいかにか君が独り越ゆらむ
futari yukedo/ yukisugigataki / akiyama o / ikani ka kimi ga / hitori
koyuran

040 〔卷二：164〕

　　我欲見你
　　一眼──
　　我來了，而
　　你已不在
　　徒使馬疲勞

☆見まく欲り我がする君もあらなくになにしか来けむ馬疲るるに
mimaku hori / waga suru kimi mo / aranaku ni / nani shika kiken /
uma tsukaruru ni

譯者說：此詩有題「大津皇子薨之後，大來皇女從伊勢齋宮上京之時，
御作歌二首」，此首為其中第二首。大來皇女即大津皇子之姊大伯皇女。

041 〔卷二：165〕

　　我身猶在

　　浮世——

　　明日起，見

　　二上山

　　如見我弟

☆うつそみの人なるわれや明日よりは二上山を弟とわが見む

utsusomi no / hito naru ware ya / asu yori wa / futagamiyama o / irose

to waga min

譯者說：此詩與下一首（第42首）詩有題「移葬大津皇子屍於葛城
二上山之時，大來皇女哀傷御作歌二首」，是大伯皇女於其弟移葬
二上山時所詠之作。幽冥相隔，睹物思人，催人眼淚。二上山，位
於今奈良縣葛城市與大阪府太子町之山。

042 〔卷二：166〕
　　馬醉木花開
　　岩岸上，
　　欲折數枝
　　娛君目——恨無人
　　說君在世

☆磯の上に生ふる馬醉木を手折らめど見すべき君が在りと言は
なくに

iso no ue ni / ouru ashibi o / taoramedo / misubeki kimi ga / ari to
iwanaku ni

譯者說：此詩有注謂——「今案不似移葬之歌。蓋疑從伊勢神宮還
京之時，路上見花，感傷哀咽作此歌乎。」馬醉木，又稱椶木，開
白色小花。

弓削皇子（Yuge no Miko，?-699）

043〔卷三：242〕
　　很難想像此身
　　能如瀑布之上
　　三船山
　　山頭
　　停雲，常在

☆滝の上の三船の山に居る雲の常にあらむとわが思はなくに
taki no ue no / mifune no yama ni / iru kumo no / tsuneni aranto /
waga omowanakuni

譯者説：此詩有題「弓削皇子遊吉野時御歌」。弓削皇子為天武天皇
第九皇子。

志貴皇子（Shiki no Miko，668?-716）

044〔卷一：51〕
　　往昔明日香風
　　翩翩翻吹采女袖，
　　如今遷都遠
　　香風吹
　　徒然……

☆采女の袖吹きかえす明日香風都を遠みいたづらに吹く
uneme no / sode fukikaesu / asukakaze / miyako o tōmi / itazurani
fuku

譯者說：此詩有題「從明日香宮遷居藤原宮之後，志貴皇子御作
歌」。明日香宮即飛鳥宮。天武天皇死後八年，持統天皇於694年從
飛鳥淨御原宮遷都至藤原京。采女（うねめ），為古代天皇的後宮中
從事日常雜役的女官。志貴皇子此詩頗迷人，傷感中散發一種空
靈、飄逸之美。

045 〔卷八：1418〕

　　石上水激越，
　　飛瀑高懸處
　　早蕨
　　萌新芽——
　　啊，春又君臨

☆石ばしる垂水の上のさ蕨の萌え出づる春になりにけるかも
iwabashiru / tarumi no ue no / sawarabi no / moeizuru haru ni /
narinikeru kamo

譯者說：此詩有題「志貴皇子歡御歌」。

但馬皇女（Tajima no Himemiko，?-708）

046〔卷二：114〕
　　　秋田上的稻穗
　　　向一邊傾斜——
　　　不論別人如何
　　　惡言惡語
　　　我偏向君這邊

☆秋の田の穂向きの寄れる片寄りに君に寄りなな言痛くありとも

aki no ta no / ho muki no yoreru / katayori ni / kimi ni yorinana / kochitakaritomo

譯者說：此詩有題「但馬皇女在高市皇子宮時，思穗積皇子御作歌」。高市皇子（654-696）、穗積皇子、但馬皇女三人皆天武天皇女，為異母兄妹。官至太政大臣的高市皇子是長兄，小他十幾歲的但馬皇女為其妻，卻與年紀與她較近的穗積皇子熱戀。在這首詩中但馬皇女借秋穗的意象，說她的心偏向「穗」積皇子這邊。

047 〔卷二：115〕

　　與其留在後頭
　　苦苦思念，寧願
　　出門追你——阿哥啊，
　　旅途每一彎處
　　請為我結留標記

☆後れ居て恋ひつつあらずは追ひ及かむ道の隈廻に標結へ我が
背

okureite / koitsutsu arazu wa / oishikan / michi no kumami ni / shime
yue wagase

譯者說：此詩有題「敕穗積皇子遣近江志賀山寺時，但馬皇女御作
歌一首」。據說他因與但馬皇女的不倫戀，被送到近江的志賀山寺
當和尚。

048〔卷二：116〕

　　因為人言喋喋，
　　因為惡言惡語
　　喧囂塵上——
　　我侵晨渡河，
　　此生未曾有之

☆人言を繁み言痛み己が世に未だ渡らぬ朝川渡る

hitogoto o / shigemi kochitami / ono ga yo ni / imada wataranu /
asakawa wataru

譯者說：此詩有題「但馬皇女在高市皇子宮時，竊接穗積皇子，事
既形而御作歌」，為但馬皇女與穗積皇子私通事被知後所作。此詩
可充分看到對於愛情但馬皇女是何等大膽、積極的女性。彼時男女
幽會，多是男方於入夜後至女方處，天明前及時離去，然而因兩人
戀情已暴露，為避世人耳目，但馬皇女選擇自己夜奔情人處，前所
未有地於拂曉時渡河奔回。

穂積皇子（Hozumi no Miko，?-715）

049〔卷二：203〕

　　紛紛降的雪啊
　　請莫多降，
　　皇女長眠的
　　吉隱豬養岡
　　怕已寒不可當

☆降る雪はあはにな降りそ吉隱の猪養の岡の寒からまくに
furu yuki wa / awa ni nafuriso / yonabari no / ikai no oka no / samukaramaku ni

譯者說：此詩有題「但馬皇女薨後，穗積皇子，冬日雪落，遙望御墓，悲傷流涕御作歌」。但馬皇女於708年6月25日過世，葬於今奈良縣櫻井市吉隱東北方一帶的豬養岡。當年冬天，穗積皇子遙望其墳，寫了此首悲切、動人的悼歌。高市皇子於696年過世，穗積皇子在705年時已以親王身分任「知太政官事」（相當於太政大臣地位）此一高官。在但馬皇女708年去世前，兩人有可能生活在一起。

050〔卷十六：3816〕

　　啊，我已將

　　「愛情」那惡棍，

　　推進櫃子裡鎖起來——

　　誰知它又跑出來

　　猛力揪住我！

☆家にありし櫃に鑰刺し蔵めてし恋の奴がつかみかかりて

ie ni arishi / hitsu ni kagi sashi / osameteshi / koi no yatsuko ga /
tsukamikakarite

譯者說：此詩為穗積皇子名作，有題「穗積親王御歌一首」，並有注謂「穗積親王宴飲之日，酒酣之時，好誦斯歌，以為恒賞也」——有酒在握，歌頌好壞、好壞又讓人歡喜的愛情，真是人生至樂，永恆的喜悅！穗積親王（穗積皇子）對愛情滋味的體會，應該比常人多一些吧。

手持女王（Tamochi no Ōkimi，活躍於7世紀末）

051〔卷三：418〕

　　豐前國鏡山

　　立石墓門緊閉——

　　他把自己永遠

　　藏起來了嗎？百般

　　等待都不出來

☆豊国の鏡山の石戸立て隠りにけらし待てど来まさず

toyokuni no / kagami no yama no / iwato tate / komorinikerashi /
matedo kimasazu

譯者說：此詩有題「河內王葬豐前國鏡山之時，手持女王作歌三
首」。手持女王為河內王之妻，河內王於持統天皇8年（694年）3月
客死筑紫，葬於豐前國鏡山之際，手持女王詠作了三首挽歌，此首
與下一首（第52首）為其中二、三首。鏡山是座小山，在今九州福
岡縣田川郡香春町。

052 〔卷三：419〕

　　願得大手力
　　破開石墓門！
　　可恨妾身
　　手柔弱，無術
　　克剛再會君

☆石戸破る手力もがも手弱き女にしあれば術の知らなく

iwato waru / tajikara mogamo / tayowaki omina / nishi areba / sube
no shiranaku

柿本人麻呂（Kakinomoto no Hitomaro，約 660- 約 710）

053〔卷一：30〕
　　樂浪志賀唐崎港
　　水波蕩漾如昔——
　　只是如今要等著看
　　朝臣們乘船回來
　　怕已無望了

☆樂浪の志賀の唐崎幸くあれど大宮人の舟待ちかねつ
sasanami no / shiga no karasaki / sakiku aredo / ōmiyahito no / fune
machikanetsu

譯者說：此詩有題「過近江荒都時，柿本朝臣人麻呂作歌並短歌二
首」，此為所附短歌之一。志賀，亦作滋賀，今滋賀縣大津市北
部。唐崎，今滋賀縣大津市下阪本町唐崎，位於琵琶湖西岸之港。
667 年 3 月，中大兄皇子遷都近江大津宮，668 年 1 月即位，成為（第
39 代天皇）天智天皇。672 年「壬申之亂」，大津宮被焚，得勝的大
海人皇子即位為（第 40 代天皇）天武天皇，定都於大和的飛鳥淨御
原宮，而後（第 41 代天皇）持統天皇又於 694 年遷往藤原宮（今奈
良縣橿原市）。此詩是仕於持統天皇、文武天皇（第 42 代天皇）兩
朝的柿本人麻呂，路過廢棄的近江都時追憶往事之作。史料上亦稱
「近江大津宮」為「大津宮」或「志賀都」。此詩寫作時間應在持統
天皇任內。

054〔卷一：37〕
　　百看不厭的
　　吉野川，河中
　　岩上水苔
　　常滑，他日當
　　再三來看……

☆見れど飽かぬ吉野の川の常滑の絶ゆる事なくまたかへり見む
miredo akanu/ yoshino no kawa no / tokoname no / tayuru koto naku /
mata kaerimin

譯者說：此詩有題「幸於吉野宮之時，柿本朝臣人麻呂作歌並短
歌」，此為其所附短歌，應是陪侍持統天皇出遊吉野離宮時所作。
吉野離宮在今奈良縣吉野郡山中，臨吉野川。日文原詩中「常滑」
有雙意，一指「水苔」——一種天然的苔蘚，別名泥炭蘚；一指光
滑處。

055〔卷一：40〕

想像在安美浦
船隻方發，滿漲的
潮水會不會把
乘船出遊的宮女們
美麗裳裙的下襬濺濕？

☆あみの浦に船乗りすらむ娘子らが玉裳の裾に潮満つらむか
ami no ura ni / funanori suran / otomera ga / tamamo no suso ni / shio
mitsuran ka

譯者說：此詩與下一首（第56首）有題「幸於伊勢國時，留京柿本
朝臣人麻呂作歌」。柿本人麻呂雖為宮廷詩人，但似乎並非每次皆
隨天皇出遊。此首詩頗富某種「田園詩」似的（後世）印象主義畫
風清洌的官能美，柿本人麻呂留在京城，遙想海畔船邊華服戲水的
少女們魅麗之姿，海的氣味、水的濕度聲音、「玉裳」的色澤，嗅覺
觸覺聽覺視覺美，一時俱在……

056〔卷一：42〕

　　伊良虞島邊
　　浪潮喧騰，
　　船前後左右搖動——
　　阿妹是否正在船上
　　繞荒島而行？

☆潮さゐに伊良虞の島辺漕ぐ舟に妹乗るらむか荒き島廻を
shiosai ni / irago no shimahe / kogu fune ni / imo noruran ka / araki
shimami o

譯者說：伊良虞島，指今愛知縣渥美郡渥美町的伊良湖岬。另一說
指伊良湖岬西邊海面與答志島之間的「神島」。

057〔卷二：198〕

明日香川，並非
只有明日可以
一見——對你的思念
綿長，大君之名
吾人永不忘

☆明日香川明日だに見むと思へやも我が大君の御名忘れせぬ
asukagawa / asu dani min to / omoe ya mo / waga ōkimi no / mina
wasure senu

譯者說：此詩有題「明日香皇女木瓲殯宮之時，柿本朝臣人麻呂作
歌一首並短歌」，此首為其短歌之一。題中「木瓲」是地名，《萬葉
集》卷二此短歌前之長歌中稱「城上」，據說在今奈良縣北葛城郡廣
陵町。殯宮為停放靈柩的房舍。大君是對親王、皇子、皇女等的敬
稱。明日香皇女是天智天皇之女，明日香川是源於大和平原之南稻
淵山，流經今奈良縣明日香一地的河川。此詩以「明日」為詩眼，
一語雙關。明日香川與明日香皇女名字中同有「明日香」。所以，每
一個「明日」，見「明日香川」如見「明日香」大君其人，皇女名字
將永遠在我們心上。此詩寫於700年，是柿本人麻呂寫作時間可考
的作品中，年代最晚的詩。

058〔卷三：240〕

以網網住
行於高高天上
之月，作為
我大君頭上
華美大傘

☆ひさかたの天行く月を網に刺し我が大君は蓋にせり
hisakata no / ama yuku tsuki o / ami ni sashi / waga ōkimi wa /
kinugasa ni seri

譯者說：此詩有題「長皇子遊獵路池之時，柿本朝臣人麻呂作歌一
首並短歌」，此為所附短歌。「獵路池」所在未詳，一說在今奈良縣
宇陀市榛原一帶。

059〔卷二：131〕

　　石見海濱
　　津野灣，
　　人說沒見到
　　有海灣，
　　人說沒見到
　　有海灘。
　　縱然
　　無海灣，
　　縱然
　　無海灘，
　　面對捕獵
　　鯨魚的大海，
　　和多津
　　多岩石的岸邊
　　青青的
　　美藻海藻漫生，
　　隨晨風之
　　羽飛舞，
　　隨夕浪之
　　羽搖曳。
　　像與浪相依
　　相纏的

美藻，阿妹
與我共寢同歡，
我將她如露霜般
置於家園
獨來行於此路，
路轉八十回，
回眸一萬度，
離鄉里
越來越遠，
翻過的山
越來越高，
想到阿妹為我
相思苦
必已萎靡
如夏草——啊，
我要見阿妹家門，
快俯身啊，眾山！

☆石見の海／角の浦廻を／浦なしと／人こそ見らめ／潟なしと／人こそ見らめ／よしゑやし／浦は無くとも／よしゑやし／潟は無くとも／鯨魚取り／海辺を指して／和多津の／荒磯の上に／か青なる／玉藻沖つ藻／朝はふる／風こそ寄せめ／夕はふる／浪こそ来寄せ／浪の共／か寄りかく寄る／玉藻なす／寄り寝し妹を／露霜の／置きてし来れば／この道の／八十隈毎に／万たび／かへり見すれど／いや遠に／里は離りぬ／いや高に／山も越え来ぬ／夏草の／思ひ萎えて／偲ふらむ／妹が門見む／靡けこの山

iwami no umi / tsuno no urami o / ura nashi to / hito koso mirame / kata nashi to / hito koso mirame / yoshieyashi / ura wa naku to mo / yoshieyashi / kata wa naku to mo / isanatori / umibe o sashite / nikitazu no / ariso no ue ni / kaao naru / tamamo okitsumo / asaha furu / kaze koso yoseme / yūha furu / nami koso kiyose / nami no muta / ka yori kaku yoru / tamamo nasu / yorineshi imo o / tsuyu shimo no / okite shi kureba / kono michi no / yasokuma gotoni / yorozu tabi / kaerimi suredo / iyatō ni / sato wa sakarinu / iyataka ni / yama mo koekinu / natsukusa no / omoishinaete / shinofuran / imo ga kado min / nabike kono yama

譯者說：此詩有題「柿本朝臣人麻呂從石見國別妻上來時歌二首並短歌」，本首為兩首長歌中的第一首。石見國在今島根縣西部，瀕日本海。柿本人麻呂一生應該不只一個妻子，此詩為柿本人麻呂暫別留在石見國的妻子赴大和的都城時所作。學者們多認為此妻即是本書第79首譯詩（柿本人麻呂辭世詩）中提及之「妹」——第80首譯詩的作者依羅娘子。柿本人麻呂與石見國的關係不明，也許他是那裡的地方官吏。原詩中「角の浦」（譯作「津野灣」），推斷為今島根縣江津市都野津町沿岸。此詩中的日文「妹」（中譯「阿妹」），是對情人或妻子之稱。

060 〔卷二：132〕

　　石見國高角山，
　　樹林間，企足
　　頻將衣袖揮，
　　不知阿妹
　　看見了沒？

☆石見のや高角山の木の間より我が振る袖を妹見つらむか

iwami no ya / takatsunoyama no / ko no ma yori / waga furu sode o /
imo mitsuran ka

譯者說：本詩與下一首詩（第61首），為前面第59首此一長歌所附的兩首短歌。高角山，今島根縣島星山。古時送行，每振袖惜別。

061 〔卷二：133〕

　　小竹的葉子
　　在山中發出沙沙的
　　鳴響，但我
　　心中泛起的，是
　　別後對阿妹的思念……

☆小竹の葉はみ山もさやにさやげども我は妹思ふ別れ来ぬれば

sasa no ha wa / miyama mo saya ni / sayagedomo / ware wa imo
omou / wakarekinureba

062〔卷二：136〕
　　我的青鬃馬
　　四蹄何其速，
　　方才離開
　　妹身邊，回頭
　　妹在雲霄外

☆青駒の足掻を速み雲居にぞ妹があたりを過ぎて来にける
aogoma no / agaki o hayami / kumoi ni zo / imo ga atari o / sugite
kinikeru

譯者說：本詩與下一首詩（第63首），為與前面第59首同題的組詩
中第二首長歌（此處未譯）所附的兩首短歌。青駒，青鬃馬，青黑
色鬃毛的馬。

063〔卷二：137〕

秋山
黃葉落，啊
且莫胡亂飛，
我要看清楚我
阿妹住處

☆秋山に落つる黄葉しましくはな散り乱ひそ妹があたり見む
akiyama ni / otsuru momichiba / shimashiku wa / na chirimagai so /
imo ga atari min

譯者說：黃葉（もみちば：momichiba），即紅葉。

064 〔卷三：251〕

淡路野島岬角，
海風吹
我衣：阿妹
幫我打結的繫帶
在風中飄啊飄

☆淡路の野島の崎の浜風に妹が結びし紐吹き返す

awaji no / noshima no saki no / hamakaze ni / imo ga musubishi /
himo fukikaesu

譯者說：戀人們離別時每互為彼此衣服的繫帶打結，作為誓約，直
至再見面時方將之解開。野島，今兵庫縣淡路島西北岸，昔日為一
長岬角。

065 〔卷三：256〕

飼飯海面

何其安靜平坦，

啊，你看——

破浪紛紛來，

漁人們的釣船

☆飼飯の海の庭良くあらし刈蔦の乱れて出づ見ゆ海人の釣船

kei no umi no / niwa yoku arashi / karikomo no / midarete izu miyu /
ama no tsuribune

譯者說：「飼飯海面」指淡路島西岸之海。

066〔卷三：266〕

　　琵琶湖畔
　　伴隨琵音般的
　　夕波鳴唱的千鳥啊，
　　你們的歌聲
　　掀動我思古幽情……

☆近江の海夕波千鳥汝が鳴けば心もしのにいにしへ思ほゆ
ōmi no umi / yūnamichidori / naga nakeba / kokoro mo shino ni /
inishie omōyu

譯者說：日文原詩中「近江の海」（近江海），為琵琶湖古稱。近江
大津為天智天皇建都之地，毀於「壬申之亂」。此詩為柿本人麻呂夕
暮時分在近江憑弔故都之作。千鳥，中文名為「鴴」之鳥，嘴短而
直，只有前趾，沒有後趾，多群居海濱。

067 〔卷四：496〕

像熊野海邊
百重開的
濱木綿，我對你的
思念層層相疊——
卻不得面對面一見

☆み熊野の浦の浜木綿百重なす心は思へど直に逢はぬかも
mikumano no / ura no hamayū / momoe nasu / kokoro wa moedo /
tadani awanu kamo

譯者說：熊野，今和歌山縣南部。濱木綿（はまゆふ：hamayū），
又稱文殊蘭，多年生草本植物，常見於溫暖的海濱，夏季開白色細
長花。

068 〔卷四：497〕

古昔亦有人
如我乎——
想念阿妹，
終夜
不能寐？

☆古にありけむ人も我がごとか妹に恋ひつつ寝ねかてずけむ
inishie ni / ariken hito mo / waga goto ka / imo ni koitsutsu /
inekatezuken

069〔卷四：498〕

　　非獨今人
　　為愛苦──
　　古昔之人
　　為愛
　　哭更甚！

☆今のみのわざにはあらず古の人ぞまさりて音にさへ泣きし
ima nomi no / waza ni wa arazu / inishie no / hito zo masarite / ne ni
sae nakishi

070〔卷四：502〕

　　行過夏野的牡鹿
　　新生的角好短
　　好短──啊，即便像
　　這麼、這麼短的瞬間
　　我也未曾將妹心忘

☆夏野行く牡鹿の角の束の間も妹が心を忘れて思へや
natsuno yuku / oshika no tsuno no / tsuka no ma mo / imo ga kokoro
o / wasurete omoe ya

071〔卷十一：2802b〕

　　像山鳥長長長長的尾巴

　　這長長的秋夜

　　我一人

　　獨

　　眠

☆あしひきの山鳥の尾のしだり尾の長々し夜をひとりかも寝む
ashihiki no / yamadori no o no / shidario no / naganagashi yo o / hitori
kamo nen

譯者說：此詩收於《萬葉集》卷十一「寄物陳思歌」中，列為作者
不詳，與本書第318首譯詩（《萬葉集》編號2802a）文本相近，為
其「或本歌」（另一版本之歌）。此詩後來被選入十一世紀初第三本
敕撰和歌集《拾遺和歌集》以及藤原定家所編《小倉百人一首》中，
標示為柿本人麻呂作品，因而廣為人知。

072〔卷二：208〕

秋山黃葉

茂密，阿妹

迷失其間，

我不識山路，如何

再與妹相逢？

☆秋山の黃葉を茂み惑ひぬる妹を求めむ山道知らずも

akiyama no / momichi o shigemi / matoinuru / imo o motomen /
yamaji shirazu mo

譯者說：此詩有題「柿本朝臣人麻呂，妻死之後，泣血哀慟作歌二
首並短歌」，為柿本人麻呂悼亡妻之作。列於《萬葉集》卷二、編號
207至212的這組詩，包括兩首長歌與四首短歌，其後復有編號213
至216的一首「或本歌」（另一版本之長歌）與三首短歌。本首與下
一首（第73首）為第一首長歌（卷二：207，此處未譯）所附的兩
首短歌。柿本人麻呂此處所悼者為其住在「輕」（かる，今奈良縣橿
原市大輕附近）一地的妻子，非本書第59首與第79首譯詩中提及的
住在石見國（今島根縣）的另一位妻子依羅娘子。

073〔卷二：209〕

黃葉落時，見
使者前來
啊，讓我想起
昔日在此相會
——阿妹與我

☆黃葉の散り行くなへに玉梓の使を見れば逢ひし日思ほゆ
momichiba no / chiriyuku nae ni / tamazusa no / tsukai o mireba /
aishi hi omōyu

譯者說：日文原詩中的「玉梓の」（たまづさの）為枕詞，用以修飾
「使」字，意指持著繫有書信的梓樹枝前來的使者。

074 〔卷二：210〕

憶昔阿妹
在世時，
我二人
手牽手，
走出門看
立在堤岸上的
櫸樹：
此處彼處枝上
春葉
繁茂，風華
一如我心所思
所賴的
我的阿妹，
我的人兒。
怎奈此世
無常之理難背，
蒸騰的熱氣
烘罩著荒野，
我的阿妹
裹著純白的
天仙的領巾，
鳥一般

在早晨飛上天，
卻消隱如
夕日，
留下幼兒
做為遺物，
不時哭泣
要母奶，我卻
無物能回應：
一個大男人
小孩抱挾腋下。
在阿妹與我
兩人共寢，
枕頭並列的
她的臥房裡，
如今我黯然
孤寂度日，
夜夜嘆息
至天明，
悲傷滿懷
卻無術遣之，
思她、戀她
卻無方相會。
他們說
我所愛的
阿妹如今住在

如鳥翼重疊的
羽易山上，
我踏破路石
苦苦尋覓
卻一無所獲，
思求昔日
在世時的阿妹，
竟連一絲
微弱倩影
都不可見！

☆うつせみと／思ひし時に／取り持ちて／我が二人見し／走出
の／堤に立てる／槻の木の／こちごちの枝の／春の葉の／茂き
が如く／思へりし／妹にはあれど／頼めりし／児らにはあれど／
世の中を／背きし得ねば／かぎろひの／燃ゆる荒野に／白栲の／
天領巾隠り／鳥じもの／朝立ちいまして／入日なす／隠りにし
かば／我妹子が／形見に置ける／みどり児の／乞ひ泣くごとに／
取り与ふ／物し無ければ／男じもの／脇はさみ持ち／我妹子
と／二人我が寝し／枕付く／妻屋の内に／昼はも／うらさび暮
し／夜はも／息づき明し／嘆けども／為むすべ知らに／恋ふれ
ども／逢ふ因を無み／大鳥の／羽易の山に／我が恋ふる／妹は
座すと／人の言へば／岩根さくみて／なづみ来し／良けくもぞ
なき／うつせみと／思ひし妹が／玉かぎる／ほのかにだにも／
見えぬ思へば

utsusemi to / omoishi toki ni / torimochite / waga futari mishi /
hashiride no / tsutsumi ni tateru / tsuki no ki no / kochigochi no e no /
haru no ha no / shigeki ga gotoku / omoerishi / imo ni wa aredo /

tanomerishi / kora ni wa aredo / yo no naka o / somuki shi eneba /
kagiroi no / moyuru arano ni / shirotae no / amahiregakuri / torijimono
/ asadachi imashite / irihi nasu / kakurinishikaba / wagimoko ga /
katami ni okeru / midoriko no / koinaku gotoni / toriatau / mono shi
nakereba / otokojimono / wakibasami mochi / wagimoko to / futari
wa ga neshi / makurazuku / tsumaya no uchi ni / hiru wa mo /
urasabikurashi / yoru wa mo / ikizukiakashi / nagekedomo / sen sube
shirani / kouredomo / au yoshi o nami / ōtori no / hagai no yama ni /
waga kouru / imo wa imasu to / hito no ieba / iwane sakumite /
nazumikoshi / yokeku mo zo naki / utsusemi to / omoishi imo ga /
tamakagiru / honoka ni dani mo / mienaku omoeba

譯者說：此詩為前題「柿本朝臣人麻呂，妻死之後，泣血哀慟作歌
二首並短歌」組詩中的第二首長歌。詩中「羽易山」，位置不詳，一
說指今奈良縣龍王山。底下第75、76兩首為此長歌所附短歌。

075〔卷二：211〕
　　去年所見
　　秋月，今夜
　　依舊皎然——
　　與我共看之阿妹
　　如今歲月永隔

☆去年見てし秋の月夜は照らせども相見し妹はいや年離る
kozo miteshi / aki no tsukuyo wa / terasedomo / aimishi imo wa / iya
toshi sakaru

076〔卷二：212〕

引手山上
掘穴安置吾
阿妹，
山路行復行
恍如無魂身

☆衾道を引手の山に妹を置きて山道を行けば生けりともなし
fusumaji o / hikide no yama ni / imo o okite / yamaji o yukeba /
ikeritomo nashi

077〔卷二：216〕

我回到家中
走進房間，
看到在我們床上
斜向一邊
——阿妹的木枕

☆家に来て我が屋を見れば玉床の外に向きけり妹が木枕
ie ni kite / waga ya o mireba / tamadoko no / hoka ni mukikeri / imo
ga komakura

譯者說：此詩為列於前題「柿本朝臣人麻呂，妻死之後，泣血哀慟
作歌二首並短歌」之後的「或本歌」（另一版本之長歌——卷二：
213——此處未譯）所附的三首短歌中之第三首。

115

078 〔卷二：222〕

海上波濤

洶湧而來，啊

你在多岩石的

海濱以石

為枕，長眠

☆沖つ波来寄する荒磯を敷栲の枕と枕きて寝せる君かも

okitsunami / kiyoru ariso o / shikitae no / makura to makite / naseru kimi kamo

譯者說：此詩有題「讚岐狹岑島，視石中死人，柿本朝臣人麻呂作歌一首並短歌」，此為其所附短歌。題中所說讚岐國「狹岑島」為今香川縣坂出市海中之島。日文原詩中的「敷栲の」（敷妙の、しきたえの）為修飾枕、手枕等詞之枕詞。

116

079 〔卷二：223〕

以鴨山的石

為我枕，長睡

不再起——

阿妹豈知哉

仍在苦等待……

☆鴨山の岩根し枕けるわれをかも知らにと妹が待ちつつあるらむ

kamoyama no / iwane shimakeru / ware o kamo / shirani to imo ga / machitsutsu aruran

譯者說：此詩有題「柿本朝臣人麻呂在石見國臨死時，自傷作歌一首」，為柿本人麻呂辭世之作。《萬葉集》卷二此詩之後，收有其妻依羅娘子悼念他的短歌兩首。住在石見國的依羅娘子應即是此詩中提及的「阿妹」。

依羅娘子（Yosami no Otome，7-8世紀）

080〔卷二：224〕
　　　今日復今日
　　　我等待夫君歸——
　　　是嗎，他們說
　　　你已葬身
　　　石川峽谷中？

☆今日今日と我が待つ君は石川の峽に交りてありといはずやも
kyō kyō to / waga matsu kimi wa / ishikawa no / kai ni majirite / ari
to iwazuyamo

譯者說：此詩有題「柿本朝臣人麻呂死時，妻依羅娘子作歌二首」，
此為第一首。依羅娘子應為柿本人麻呂妻子之一，或前妻死後所娶
之妻。日文詩中「石川の峽」另有版本作「石川の貝」，詩後半段則
可譯為「是嗎，他們說你／已和石川的／貝殼混在一起？」前一首
（第79首）詩中，柿本人麻呂說他死於鴨山，依羅娘子此詩則說葬
身石川。鴨山、石川同在一處嗎？或者依羅娘子所獲訊息有誤？或
者柿本人麻呂死於鴨山而被移至石川火葬？有一種說法認為柿本人
麻呂是在石見國被處死刑或投水自盡。他的死因、死期，至今未能
知。

丹比真人（Tajihi no Mahito，8世紀）

081〔卷二：226〕

　　誰幫我傳了話——
　　說我在這裡，
　　枕著被怒濤
　　刷洗的
　　卵石長眠？

☆荒波に寄り来る玉を枕に置き我ここにありと誰か告げけむ
aranami ni / yorikuru tama o / makura ni oki / ware koko ni ari to /
tareka tsugeken

譯者說：此詩有題「丹比真人（名闕）擬柿本朝臣人麻呂之意報
歌」，大約是八世紀初期一位名字不詳的歌人，想像、回應柿本人
麻呂溺死之境，為其代言之詩。「真人」為天武天皇時代依各氏族與
皇室親疏關係而賜的「八色姓」（真人、朝臣、宿禰、忌寸、道師、
臣、連、稻置）中之首姓，「丹比」應為此歌作者氏族之名。柿本朝
臣人麻呂顯然死後不久，即由一個歌人變成傳奇人物，被寫入歌
中。

柿本人麻呂歌集（Kakinomoto no Hitomaro Kashū，7-8世紀）

082〔卷七：1068〕

天海
雲波湧，
月舟划動，
隱入
星林中

☆天の海に雲の波立ち月の船星の林に漕ぎ隠る見ゆ
ame no umi ni / kumo no nami tachi / tsuki no fune / hoshi no hayashi
ni / kogi kakuru miyu

譯者說：此詩有題「詠天」，選自《萬葉集》卷七「雜歌」，標有
「《柿本朝臣人麻呂之歌集》出」——此《柿本人麻呂歌集》為《萬
葉集》成立前的和歌，約有三百六十首歌作被選入《萬葉集》中。
多數學者認為這些詩可能是柿本人麻呂所搜集，而非其原創之作，
是作者未詳之歌集。有研究者認為其中少數或為柿本人麻呂之作。
此處將「柿本人麻呂歌集」視為一（佚名）作者群之作，與柿本人
麻呂有些關聯但非其所作，與本書「輯四」選錄的佚名之作性質略
異。

083 〔卷七：1269〕

　　像卷向山邊
　　轟鳴而去的
　　流水上的泡沫——
　　啊，我等
　　浮世之人……

☆巻向の山辺とよみて行く水の水沫のごとし世の人我は
makimuku no / yamabe toyomite / yuku mizu no / minawa no gotoshi /
yo no hito ware wa

譯者說：此詩有題「就所發思」，即至某處所而有所思，觸景生情之
作。卷向山，今奈良縣櫻井市三輪東北方之山。

084 〔卷七：1271〕

　　阿妹家遠在
　　雲邊，
　　我要早一點
　　到達，加快
　　步伐啊小黑馬！

☆遠くありて雲居に見ゆる妹が家に早く至らむ歩め黒駒
tōku arite / kumoi ni miyuru / imo ga ie ni / hayaku itaran / ayume
kurokoma

譯者說：此詩有題「行路」。

085〔卷七：1281〕

　　為君織衣
　　手力疲，
　　等到
　　春來時
　　何色印染
　　最相宜？

☆君がため手力疲れ織りたる衣ぞ春さらばいかなる色に摺りてば良けむ

kimi ga tame / tajikara tsukare / oritaru kinu zo / haru saraba / ikanaru
iro ni / suriteba yoken

譯者說：此詩屬「旋頭歌」，5-7-7-5-7-7，共三十八音節之和歌。

086〔卷七：1299〕

在味鴨
成群的海上
浮舟
採珍珠——
切莫讓人知啊

☆あぢ群のとをよる海に舟浮けて白玉採ると人に知らゆな
ajimura no / tōyoru umi ni / fune ukete / shiratama toru to / hito ni shirayu na

譯者說：此詩為《萬葉集》卷七中的「譬喻歌」，有題「寄玉」。詩中「あぢ」即「味鴨」（あじがも）。此詩以偷偷出航採珍珠比喻秘密的獵愛、求愛行動。

087〔卷九：1693〕

　　玉匣開啟，天明
　　夜終──可惜啊
　　令人惋惜的夜，
　　我觸不到
　　你的衣袖，獨寢

☆玉櫛笥明けまく惜しき可惜夜を衣手離れて独りかも寝む
tamakushige / akemaku oshiki / atarayo o / koromode karete / hitori
kamo nen

譯者說：此詩有題「紀伊國作歌二首」，此為其第二首。紀伊國，位
於紀伊半島尖端，今和歌山縣、三重縣南部。日文詩中的「玉櫛笥」
即「玉匣」（たまくしげ：tamakushige），化妝匣、梳妝箱也，在和
歌中是「明く」、「二」、「覆ふ」等詞的枕詞。詩中「明け」（ake）
為雙關語，既指「天明」，又指「打開」（開け：ake）。

088〔卷九：1694〕

　　白領巾般
　　鷺坂山，白杜鵑花
　　開放：染我衣以
　　你們的色澤吧，我要
　　秀給我的愛人看！

☆栲領巾の鷺坂山の白躑躅我ににほはね妹に示さむ

takuhire no / sagisakayama no / shiratsutsuji / ware ni niowane / imo
ni shimesan

譯者說：此詩有題「鷺坂作歌一首」。鷺坂，今京都府城陽市久世神
社東方之坡道。詩開頭的「栲領巾の」（たくひれの），是修飾白、
鷺等字的枕詞。

089〔卷九：1697〕

　　這春雨一定是

　　家人派來的使者，

　　我雖避之卻仍

　　沾濕我身——是

　　促我回家嗎？

☆家人の使ひにあらし春雨の避くれど我を濡らさく思へば

iebito no / tsukai ni arashi / harusame no / yokuredo ware o / nurasaku
omoeba

譯者說：此詩有題「名木川作歌三首」，此為其第二首。以「曲喻」
將春雨比作家人派來的使者，讓道中旅人全身浸濕，頓生回家換穿
乾暖、舒適衣服之鄉愁。名木川為流經今京都府宇治市南部的河
川。

090〔卷十：1812〕
　　　高高在上的
　　　天香具山，今夕
　　　霞繚繞——
　　　啊，春天
　　　似已來到！

☆ひさかたの天の香具山この夕霞たなびく春立つらしも
hisakata no / ame no kaguyama / kono yūbe / kasumi tanabiku / haru
tatsurashi mo

譯者說：此詩列於《萬葉集》卷十之首，「春雜歌」中的第一首。

091〔卷十：2178〕

藏嬌的
矢野神山，
露霜將紅葉
染得更艷，可惜
又飄散……

☆妻隱る矢野の神山露霜ににほひそめたり散らまく惜しも
tsumagomoru / yano no kamuyama / tsuyu shimo ni / nioisometari /
chiramaku oshimo

譯者說：此詩列於《萬葉集》卷十「秋雜歌」，為「詠紅葉四十一首」
中的第一首。詩開頭的「妻隱る」（つまごもる），是置於地名「矢
野の神山」前之枕詞。矢野神山，位置不詳。

092〔卷十：2240〕

莫問我夕暮中
那人是誰，切莫
以此問我——九月
露濕沾身
等候君至的我

☆誰そ彼と我をな問ひそ九月の露に濡れつつ君待つ我を

tasokare to / ware o na toi so / nagatsuki no / tsuyu ni nuretsutsu /
kimi matsu ware o

譯者說：此詩為《萬葉集》卷十，「秋相聞」歌中的一首。日文「誰
そ彼」（たそかれ：tasokare；「那人是誰」），與黃昏、薄暮（古音
たそかれ：tasokare；今音たそがれ：tasogare）同音，可算雙關語。
陰曆九月已屆晚秋，日文又有「長月」（ながつき：nagatsuki）或「夜
長月」（よながつき：yonagatsuki）之稱。此首作者未詳的短歌，被
日本動畫家新海誠引用於其執導、2016年首映，風靡全球的動畫電
影《你的名字。》（「君の名は。」）裡。

093 〔卷十一：2351〕
　　新屋作新壁，
　　請君幫忙
　　割壁草，
　　少女如柔草，
　　順君情意
　　嬌伏倒

☆新室の壁草刈りにいましたまはね草のごと寄り合ふ処女は君
がまにまに

niimuro no / kabekusa kari ni / imashitamawane / kusa no goto /
yoriau otome wa / kimi ga manimani

譯者說：此處第93至97首譯詩，皆為選自《萬葉集》卷十一的「旋
頭歌」(5-7-7-5-7-7，三十八音節)，標有「《柿本朝臣人麻呂之歌集》
出」。此詩看似祝婚歌，也像是招女婿或求夫婿之歌。

094〔卷十一：2353〕

泊瀨神聖
槻樹下，密藏著
我嬌妻，
今夜月光
皎亮，啊怕有人
看到她！

☆泊瀨の斎槻が下に我が隠せる妻あかねさし照れる月夜に人見
てむかも

hatsuse no / yutsuki ga shita ni / waga kakuseru tsuma / akane sashi /
tereru tsukuyo ni / hito miten kamo

譯者說：泊瀨，即今奈良縣櫻井市初瀨。

095〔卷十一：2355〕

　　我所思所戀的

　　阿妹，啊寧願她

　　早點死去——

　　縱然她活在

　　世上，沒有人說

　　她會屬於我！

☆愛しと我が思ふ妹ははやも死なぬか生けりとも我に寄るべし
と人の言はなくに

utsukushi to / waga omou imo wa / haya mo shinanu ka / ikeri tomo /
ware ni yorubeshi to / hito no iwanaku ni

096〔卷十一：2356〕

你的高麗錦
衣帶，有一根
遺落在床上，
君若今夜
復來，我當
收妥以待……

☆高麗錦紐の片方ぞ床に落ちにける明日の夜し来なむと言はば
取り置きて待たむ

komanishiki / himo no katae zo / toko ni ochinikeru / asu no yo shi /
kinan to iwaba / toriokite matan

譯者說：日本古昔以日落為一日之始，詩中的「明日の夜」（明
夜），換成現代的說法，當是「今夜」。

097〔卷十一：2357〕

　　清早君即開門
　　歸去，原上草露
　　將沾濕你綁腿——
　　我也早起
　　送君出，讓露水
　　也沾濕我裳裾

☆朝戸出の君が足結を濡らす露原早く起き出でつつ我も裳裾濡らさな

asatode no / kimi ga ayui o / nurasu tsuyuhara / hayaku oki / idetsutsu
ware mo / mosuso nurasana

譯者說：日本古代男女，即使成婚也不住在一起。夫妻或戀人相
會，皆是男方於天黑後赴女方處，共寢前衣服脫下折好相疊，次日
黎明後，男方即須離去。此詩寫晨起男方穿衣、打綁腿，開門準備
及時歸去，女方也依依／「衣衣」（きぬぎぬ，或作「後朝」，指男
女共寢次晨）不捨，著衣欲送君一程，同沾露濕。

134

098〔卷十一：2369〕

　　　我不羨別人的

　　　香甜睡，我

　　　終宵嘆息

　　　只盼能

　　　見君一眼

☆人の寝る甘眠は寝ずてはしきやし君が目すらを欲りし嘆かふ

hito no nuru / umai wa nezute / hashiki yashi / kimi ga me sura o /
horishi nagekau

譯者說：此處第98至102首譯詩，為選自《萬葉集》卷十一裡題為
「正述心緒歌四十七首」的無名氏歌作，標為「《柿本朝臣人麻呂之
歌集》出」。

099 〔卷十一：2372〕

早知戀慕她
如此讓人
折磨——當初
遠遠地看她
就好……

☆かくばかり恋ひむものぞと知らませば遠くも見べくありける
ものを
kaku bakari / koin mono zo to / shiramaseba / tōku mo mibeku /
arikeru mono o

100 〔卷十一：2376〕

我失去了
男子漢的氣概——
竟為愛
消瘦
無晝夜

☆健男の現し心も我れは無し夜昼といはず恋ひしわたれば
masurao no / utsushigokoro mo / ware wa nashi / yoru hiru to iwazu /
koishi watareba

101〔卷十一：2382〕

　　宮殿金陽閃耀，
　　前面的大道上
　　人潮洶湧──
　　啊，我心頭所思
　　所湧，唯君一人

☆うち日さす宮道を人は満ち行けど我が思ふ君はただ一人のみ
uchihisasu / miyaji o hito wa / michiyukedo / waga omou kimi wa /
tada hitori nomi

譯者說：詩開頭的「うち日さす」（打ち日さす：うちひさす）是表
示日光輝耀，置於宮、都等字之前的枕詞。

102〔卷十一：2390〕

如果苦戀
讓人斷腸，
我死了
又死
何止千遍

☆恋するに死するものにあらませば我が身は千度死にかへらまし

koi suru ni / shini suru mono ni / aramaseba / waga mi wa chitabi /
shinikaeramashi

譯者說：此詩可與女歌人笠女郎所寫的類似短歌（見本書第266首）
做比較。

138

103 〔卷十一：2418〕

　　要祭拜
　　什麼名號的神
　　才能與我的
　　愛人相會
　　即便只在夢中

☆いかならむ名に負ふ神に手向けせば我が思ふ妹を夢にだに見む
ikanaran / na ni ou kami ni / tamuke seba / waga omou imo o / ime ni
dani min

譯者說：此處第103至107首譯詩，為選自《萬葉集》卷十一裡題為
「寄物陳思歌九十三首」的無名氏歌作，標為「《柿本朝臣人麻呂之
歌集》出」。

104 〔卷十一：2419〕

　　天地
　　之名
　　滅，乃敢
　　與君
　　絕

☆天地といふ名の絶えてあらばこそ汝と我れと逢ふことやまめ
ametsuchi to / iu na no taete / arabakoso / imashi to ware to / au koto
yamame

139

105〔卷十一：2420〕

　　舉頭月當空

　　兩人同在一國——

　　啊，高山阻隔

　　隔開了我和

　　心愛的阿妹！

☆月見れば国は同じぞ山隔り愛し妹は隔りたるかも

tsuki mireba / kuni wa onaji zo / yama henari / utsukushi imo wa /
henaritaru kamo

106〔卷十一：2497〕

　　以響亮如盛名

　　遠播的隼人夜間

　　守衛時的聲音向你

　　說出我的名——信我

　　賴我，以我為妻吧

☆隼人の名に負ふ夜声いちしろく我が名は告りつ妻と頼ませ

hayahito no / na ni ou yogoe / ichishiroku / waga na wa noritsu /
tsuma to tanomase

譯者說：隼人（はやひと），古時九州南部鹿兒島薩摩、大隅一帶之
居民，以勇猛著稱，常擔任宮廷禁衛，聲音宏亮。本書前面提過，古
代日本女子如果把自己名字告訴男方，即表示接受求婚或願為其妻。

140

107 〔卷十一：2498〕

刀劍雙刃鋒利
踏上去
足以一死，
我願一死——
若為你！

☆劍大刀諸刃の利きに足踏みて死なば死なむよ君によりては
tsurugitachi / moroha no toki ni / ashi fumite / shinaba shinan yo /
kimi ni yorite wa

108 〔卷十一：2513〕

　　隱約雷鳴

　　天陰霾，

　　但願大雨降

　　為妹

　　將君留

☆鳴る神の少し響みてさし曇り雨も降らぬか君を留めむ

narukami no / sukoshi toyomite / sashi kumori / ame mo furanu ka /
kimi o todomen

譯者說：本詩與下一首詩選自《萬葉集》卷十一裡的「問答歌九首」，
標有「《柿本朝臣人麻呂之歌集》出」，是一組女問男答、有情有趣
的對話詩，這組妙作因出現在新海誠導演的 2013 年日本動畫電影《言
葉之庭》（「言の葉の庭」）中而傳播更廣。此首女子所作之歌，讓人
想起韓國十六世紀無名氏作者所寫的一首「時調」——「風啊，不要
吹；風雨啊，不要來。／道路濕淖，我不專的愛人可能就不來了。／
但一旦他來到我家，發它一場連綿九年的大水吧！」

109〔卷十一：2514〕

隱約雷鳴
雨未降，
只要妹留我
我就
留下來

☆鳴る神の少し響みて降らずとも我は留まらむ妹し留めば
narukami no / sukoshi toyomite / furazutomo / ware wa todomaran /
imo shi todomeba

河邊宮人（Kawae no Miyahito，7-8世紀）

110〔卷二：228〕

娘子的名字
將流傳
千代，直到
姬島的小松梢頭
生出青苔

☆妹が名は千代に流れむ姫島の小松が末に苔生すまでに
imo ga na wa / chiyo ni nagaren / himeshima no / komatsu ga ure ni / kokemusu madeni

譯者說：此詩有題「和銅四年歲次辛亥，河邊宮人姬島松原見娘子屍，悲嘆作歌二首」，本首及下一首（第111首）即是。《萬葉集》中有多首為溺斃者而寫的挽歌。成於711年的此首短歌，意旨頗像英國詩人莎士比亞（1564-1616）第18首十四行詩中的名句——「只要人們能呼吸或眼睛看得清，／此詩將永存，並且給予你生命。」（So long as men can breathe, or eyes can see, / So long lives this, and this gives life to thee.）此歌作者深信，只要他的詩在，他詩中寫到的這位溺水女子之名就將永存。隔了一千多年，我們今天在《萬葉集》中讀到這首短歌，識得這位女子，果然印證此歌之不虛。令人玩味或吊詭的是，「芳名」流千代的此位可能因失戀而投水自盡的女子是名字不詳的「無名」氏——「無名之名」流芳千古。詩中說「直到姬島的小松梢頭生出青苔」，有點類似說「直到海枯石爛」。姬島為位於今大阪澱川河口附近之島。

111 〔卷二：229〕
　　難波海灘的潮水啊，
　　切莫退、莫乾去──
　　娘子溺水的身形
　　如果浮現，
　　讓人心痛

☆難波潟潮干なありそね沈みにし妹が姿を見まく苦しも
naniwagata / shiohi na ari sone / shizuminishi / imo ga sugata o /
mimaku kurushimo

譯者說：難波，今大阪市及其附近地區的古稱。詩中的「難波潟」
為今大阪灣的一部分。

高市黑人（Takechi no Kurohito，7-8世紀）

112〔卷一：32〕
難道我亦
古昔之人乎——
不然，何以我
目睹故都樂浪
悲傷若是？

☆古の人に我あれや楽浪の古き都を見れば悲しき

inishie no / hito ni ware are ya / sasanami no / furuki miyako o /
mireba kanashiki

譯者說：此詩有題「高市古人，感傷近江舊堵作歌（或云高市連黑人）」，共兩首短歌，此首及下一首（第113首）即是。學者多把「高市古人」與「高市黑人」（即高市連黑人）視為同一詩人，認為「古」為「黑」字誤寫。本書將《萬葉集》裡作者標為「高市古人」與「高市黑人」之歌作皆視為高市黑人所作。此處第112首短歌，題旨接近前面柿本人麻呂「過近江荒都時」所寫思古、悲嘆之作（見本書第53首譯詩）。第113首短歌中詩人責備「地神」怠職，讓其傷心，則是相當新鮮、突出的觀點。樂浪（ささなみ），今滋賀縣大津市北部、琵琶湖西南岸一帶之地，昔日天智天皇近江大津宮（志賀都）所在。

113〔卷一：33〕

　　荒都

　　讓樂浪地神也

　　心思荒寂，怠於

　　守護──睹之

　　令人悲！

☆楽浪の国つ御神のうらさびて荒れたる都見れば悲しも

sasanami no / kunitsumikami no / urasabite / aretaru miyako / mireba
kanashi mo

114〔卷三：271〕

　　向著櫻田的方向

　　群鶴邊飛邊叫，

　　年魚市潟淺灘上

　　潮水似已全退：

　　群鶴邊飛邊叫……

☆桜田へ鶴鳴き渡る年魚市潟潮干にけらし鶴鳴き渡る

sakurada e / tazu nakiwataru / ayuchigata / shiohi ni kerashi / tazu
nakiwataru

譯者說：此詩有題「高市連黑人羇旅歌八首」，此處所譯（第114至
119首）為其中第2、4、5、6、7、8首。櫻田，可能在今名古屋市
南區元櫻田町附近。年魚市潟，名古屋市南部海岸附近的潮灘。

115〔卷三：273〕

　　我們的船繞著近江

　　琵琶湖多礁岩的

　　岬角航行——

　　八十個河口，每個

　　河口處群鶴爭鳴

☆磯の崎漕ぎ廻み行けば近江の海八十の湊に鶴さはに鳴く

iso no saki / kogitamiyukeba / ōmi no umi / yaso no minato ni / tazu
sawa ni naku

譯者說：日文原詩中「近江の海」（近江海：おうみのうみ），即今
日滋賀縣琵琶湖，日本最大的湖泊，古昔視之為「海」。

116〔卷三：274〕

　　讓我們的船

　　停泊在

　　比良港吧——

　　夜已深，莫

　　離岸駛向海面！

☆わが船は比良の湊に漕ぎ治てむ沖へな離りさ夜更けにけり

waga fune wa / hira no minato ni / kogihaten / oki e na sakari / sayo
fukenikeri

譯者說：比良，今滋賀縣大津市比良山東麓琵琶湖西岸。

117〔卷三：275〕
　　來到了
　　高島勝野，
　　如果平原暮色
　　漸濃，今宵
　　將寄宿何處？

☆何処にか我が宿りせむ高島の勝野の原にこの日暮れなば
izuku ni ka / waga yadori sen / takashima no / katsuno no hara ni /
kono hi kurenaba

譯者說：詩中「高島の勝野」，即今滋賀縣高島市勝野。

118〔卷三：276〕

　　阿妹與我
　　一體同心——
　　此何以三河國
　　二見道上雖逢岔路
　　我倆難分難離

☆妹も我も一つなれかも三河なる二見の道ゆ別れかねつる
imo mo ware mo / hitotsu nare kamo / mikawa naru / futami no michi
yu / wakarekanetsuru

譯者說：三河，即三河國，在今愛知縣東部。二見道，殆指連接靜
岡縣盤田市見付町和愛知縣豐川市御油町的「姬街道」，在今豐川市
國府（三河）、御油兩町交界處與舊東海道交叉成一岔路口。此詩刻
意嵌用一、三、二等數字，頗具妙趣。

119 〔卷三：277〕

應當早來看——
山城多賀
欅樹林，
繽紛的紅葉
已散去！

☆早来ても見てましものを山背の高の槻群散りにけるかも
haya kitemo / mitemashi mono o / yamashiro no / taka no tsukimura /
chirinikeru kamo

譯者說：日文原詩中「山背」，即山背國，平安時代寫為「山城」，
在今京都府南部；「高」亦地名，即今京都府綴喜郡井手町多賀。

120 〔卷三：305〕

　　果不其然啊，

　　我說我不願見

　　舊都樂浪，但你

　　引我一覽

　　徒增我愁……

☆かくゆゑに見じと言ふものを楽浪の旧き都を見せつつもとな
kaku yue ni / miji to iu mono o / sasanami no / furuki miyako o /
misetsutsu motona

譯者說：此詩有題「高市連黑人近江舊都歌一首」，可視為前面首第
112、113首詩的變奏，但更幽微而令人尋味。此詩彷彿是與先前寫
過詠近江廢都詩（見本書第53首）的前輩歌人柿本人麻呂的對話。
高市黑人無意訪樂浪近江舊都，恐觸景傷懷，但柿本人麻呂（的詩
作）引他、誘他隨其一覽故土，同銷無邊愁。才不到幾年（或幾十
年？），柿本人麻呂詠故都之作然成為和歌史裡的小傳統，「楽浪」
（ささなみ：sasanami）一詞已躍為和歌創作裡的「歌枕」（屢被詩
人們吟詠的古跡、名勝），一如吾人詠長城、赤壁、金字塔、帕特
農神殿……

長意吉麻呂（Naga no Okimaro，7-8世紀）

121〔卷一：57〕
　　恣意穿越過
　　引馬野明艷的
　　榛樹林──請讓
　　汝衣盡染其色
　　作為到此一遊之證

☆引馬野ににほふ榛原入り乱れ衣にほはせ旅のしるしに

hikumano ni / niou harihara / irimidare / koromo niowase / tabi no
shirushi ni

譯者說：此詩有題「二年壬寅，太上天皇幸於參河國時歌」，作於文
武天皇大寶2年（702年）10月，題中之太上天皇即持統太上天皇。
作此歌的長意吉麻呂，為文武天皇朝才思敏捷之宮人，但此次並未
隨太上天皇出遊，因此在歌中請求隨行的同儕，以樹澤染衣「打卡」
為證，回宮時讓未能有幸同遊的他們分享旅途「出色」景物。引馬
野，推測在今愛知縣豐川市引馬神社一帶；另有一說，謂在今靜岡
縣濱松市。榛，樺木科落葉喬木，樹皮與果實可作染料用。

122 〔卷三：238〕

大宮內
猶聞
指揮眾拉網者
齊力拉網捕魚的
漁夫吆喚聲……

☆大宮の内まで聞こゆ網引すと網子ととのふる海人の呼び声
ōmiya no / uchi made kikoyu / abiki su to / ago totonouru / ama no
yobikoe

譯者說：此詩有題「長忌寸意吉麻呂應詔歌一首」。詩中的「大宮」
應指位於今大阪市北邊，昔日猶為濱海之地的離宮難波宮；「網子」
指網魚時拉網的人，「海人」指吆喚、指揮他們的漁夫。從環山的大
和皇宮來到離海不遠的難波離宮，君臣皆感新鮮，乃有間接錄下的
此漁人勞動歌。

123〔卷十六：3824〕

啊二三子，快拿
有注口的鍋把水燒，
等聽到狐狸過
櫟津檜橋來，趕緊
把沸水淋在它身上！

☆さし鍋に湯沸かせ子ども櫟津の檜橋より来む狐に浴むさむ
sashinabe ni / yu wakase kodomo / ichihitsu no / hibashi yori kon /
kitsune ni amusan

譯者說：此詩有題「長忌寸意吉麻呂歌八首」，此首為其中第一首。
傳云「一時眾集宴飲也。於時夜漏三更，所聞狐聲。爾乃眾諸誘奧
麻呂曰，關此饌具、雜器、狐聲、河橋等物，但作歌者，即應聲作
此歌也。」此歌充分顯現長意吉麻呂敏捷的詩才與機智，能成功地
將半夜聞狐聲臨時起意出「考題」的酒友們提出的「饌具」（有注口
的鍋）、「狐聲」、「河橋」（櫟津、檜橋）等元素，即興融鑄成32音
節的有趣短歌。日文詩中的「櫟津」（いちひつ：ichihitsu），為位於
當時「櫟本」（今奈良縣天理市）之河川，此名包含有「ひつ：
hitsu」（櫃、櫃子──屬「雜器」）之音。而「檜橋」一詞中，「橋」
（はし：hashi）與「箸」（筷子，はし：hashi──屬「饌具」）諧音。

124〔卷十六：3825〕

　　鋪妥餐席，

　　煮好蔓菁端上——

　　這位貴客在等著呢，

　　解下行騰，懸掛梁間，

　　正在休息……

☆食薦敷き蔓菁煮持ち来梁に行騰掛けて休むこの君

sugomo shiki / aona nimochiko / utsuhari ni / mukabaki kakete /
yasun kono kimi

譯者說：此詩為前述「長忌寸意吉麻呂歌八首」中的第二首，有題
「詠行騰、蔓菁、食薦、屋梁歌」。日語「行騰」（むかばき），繫於
腰上，垂懸於前遮覆雙腿的騎馬裝備，乃高級武官禮裝。「蔓菁」
（あをな），一種也叫做「蕪菁」的野菜。「食薦」（すごも），用餐
時鋪在餐桌下的席子或竹簾。

125〔卷十六：3827〕

雙六的
骰子，非僅
一二點，
還有五六三
以及四

☆一二の目のみにはあらず五六三四さへありけり双六の頭
ichi ni no me / nomi ni wa arazu / go roku san / shi sae arikeri / suguroku no sae

譯者說：此詩為前述「長忌寸意吉麻呂歌八首」中的第四首，有題「詠雙六頭歌」。雙六（すぐろく），奈良時代由中國傳入日本的一種二人遊戲，由一個棋盤、黑白各十五顆棋子以及兩顆骰子組成，棋子的移動以擲骰子的點數決定。日語「頭」（さえ），即骰子。此首將數字一至六皆納入的短歌，誠《萬葉集》中之奇詩也。

157

126〔卷十六：3828〕

　　切莫接近
　　塗了熏香的寶塔，
　　你這髒斃了的婢女——
　　吃了河灣廁所底下
　　沾了糞便的鯽魚！

☆香塗れる塔にな寄りそ川隈の屎鮒食めるいたき女奴
kō nureru / tō ni na yori so / kawakuma no / kusobuna hameru / itaki
meyatsuko

譯者說：此詩為前述「長忌寸意吉麻呂歌八首」中的第五首，有題
「詠香、塔、廁、屎、鮒、奴歌」。鮒，鯽魚。女奴，婢女、女僕。
川隈，河灣、河流曲折處，廁所常設於其處，以利糞尿入河漂
散——日語「川屋」（川上之屋，かはや）意即「廁」（かはや：
kawaya）。從此詩可以一見《萬葉集》中題材包容之廣與駁雜多樣。
此歌將塗上熏香的聖潔寶塔、佛塔，與廁所、糞便並置，此種奇
突、滑稽的趣味為後世俳諧／俳句，以及「狂歌」（kyōka，一種用
詞通俗、滑稽，重文字遊戲與荒誕趣味的「另類」短歌）等詩歌類
型，先行播下種子。長意吉麻呂誠為《萬葉集》歌人中特立之奇才、
怪才。此歌較不可取處可能是對低層者（婢女）的辱罵、歧視。

127〔卷十六：3830〕

　　　啊鐮刀先生，速砍成
　　　一掃帚，鑲上美玉，
　　　先去杜松四周
　　　掃一掃，再把
　　　棗樹底下掃乾淨……

☆玉箒刈り来鎌麻呂むろの木と棗が本とかき掃かむため

tamabahaki / kariko kamamaro / muronoki to / natsume ga moto to / kakihakan tame

譯者說：此詩為前述「長忌寸意吉麻呂歌八首」中的第七首，有題「詠玉掃、鎌、天木香、棗歌」。玉箒，（鑲玉的）漂亮的掃帚。麻呂，男子名字中的接尾詞──「鎌麻呂」一詞似將鐮刀擬人化。「むろの木」（muronoki，詩題中提到的「天木香」樹），即杜松。

128〔卷十六：3831〕

　　白鷺啄持矛枝

　　飛過，所為何來？

　　——是在池神之地

　　作伎樂，表演

　　金剛力士舞嗎？

☆池神の力士舞かも白鷺の桙啄ひ持ちて飛び渡るらむ

ikegami no / rikishimai kamo / shirasagi no / hoko kuimochite /
tobiwataruran

譯者說：此詩為前述「長忌寸意吉麻呂歌八首」中的第八首，有題
「詠白鷺啄木飛歌」。力士舞，古代日本伎樂（ぎがく）舞蹈的一
種，著金剛力士（佛法的守護神，哼哈二將）之裝而舞，用以驅魔、
破除煩惱。池神（いけがみ），推測為演出伎樂的佛寺之名或佛寺所
在地。桙，即矛，有長柄的兩刃之劍。

舍人娘子（Toneri no Otome，7-8世紀）

129〔卷一：61〕

　　大丈夫手挾
　　箭，挺立瞄射向
　　標靶——啊，一箭
　　中的！的形海景
　　爽朗入目來

☆大丈夫の幸矢手挾み立向ひ射る的形は見るに清けし
masurao no / satsuya tabasami / tachimukai / iru matokata wa / miru
ni sayakeshi

譯者說：此詩有題「舍人娘子從駕作歌」，為作者於大寶二年（702
年）時隨侍持統太上天皇遊三河國時所作。舍人娘子應是持統女（太
上）天皇的貼身女官。此首詠射箭兼讚頌地景的短歌雖為女歌人之
作，卻雄健、精準又曼妙，將文字遊戲與眼前景象、將風景與心
景，巧妙地融合在一起。詩中地名「的形」（まとかた，matokata）
的首字「的」（まと，mato，意即「標的」、「箭靶」），是全詩「詩眼」
所在——一語雙關地，將本來不甚相干的前面長三句多、描寫射箭
之景的「序詞」（開頭的修飾語），與其後的海景串射在一起。「的形」
在今三重縣松阪市東黑部町中野川流域一帶，據說是松阪地區古昔
之港（有「的形の浦」之稱），現已跡絕成河湖。射箭健兒舉弓瞄向
「的」形（目標物），咻的一聲，一箭中「的」——「的形灣」美麗
海景應聲爽朗、清澄入目——真是裡外皆美且爽！

間人大浦（Hashihito no Ōura，7-8世紀）

130〔卷三：289〕
　　　放眼天空，
　　　一彎純白的弓
　　　張懸，照
　　　射──啊，
　　　夜路當良於行

☆天の原振り放け見れば白真弓張りて懸けたり夜道はよけむ

ama no hara / furisakemireba / shiramayumi / harite kaketari /
yomichi wa yoken

譯者說：此詩有題「間人宿禰大浦初月歌二首」，此為其第一首。初
月，日語稱「三日月」，陰曆每月第三日（前後）的新月、峨眉月。

【輯三】

奈良時代歌作

（710-759）

元正天皇（Genshō Tennō，680-748）

131 〔卷二十：4293〕
行至山村
遇山中人，
送給我花與
紅葉——啊，
山中特產

☆あしひきの山行きしかば山人の我に得しめし山苞ぞこれ
ashihiki no / yama yukishikaba / yamabito no / ware ni eshimeshi /
yamazuto zo kore

譯者說：此詩有前書「幸行於山村之時歌」。元正女天皇要陪侍她遊
山村的王臣們作歌應和她所作之歌，隨即吟出此作。日文「山苞」
（山づと），即山珍、山中土產。原詩中雖未明言所獻何物——但山
中最美、最珍的，花與紅葉外豈有他物？詩題中的「山村」是地名，
今奈良市山町。

164

聖武天皇（Shōmu Tennō，701-756）

132 〔卷六：1009〕
　　橘真是吉名：
　　果實、花、
　　葉皆豐，
　　即便霜降枝上，
　　其樹常青

☆橘は実さへ花さへその葉さへ枝に霜降れどいや常葉の木
tachibana wa / mi sae hana sae / sono ha sae e ni / shimo furedo / iya
tokoha no ki

譯者說：此詩有題「冬十一月，左大辨葛城王等賜姓橘氏之時御製歌一首」，乃聖武天皇於736年所作。詩後有注謂「冬十一月九日，從三位葛城王、從四位上佐為王等，辭皇族之高名，賜外家之橘姓已訖。於時，太上元正天皇與光明皇后，共在於皇后宮，以為肆宴，而即御製賀橘之歌，並賜御酒宿禰等也。」

湯原王（Yuhara no Ōkimi，活躍於730-740）

133〔卷三：376〕
　　　我妹蜻蜓羽袖
　　　輕盈舞，願君
　　　目光樂隨其轉：
　　　玉匣般我妹
　　　深藏我愛戀

☆蜻蛉羽の袖振る妹を玉くしげ奥に思ふを見たまへ我が君

akizuha no / sode furu imo o / tamakushige / oku ni omou o / mitamae
waga kimi

譯者說：此詩有題「湯原王宴席歌二首」，此為其第一首。詩中「玉
くしげ」(tamakushige)即日文「玉匣」、「玉櫛笥」，美麗的化妝匣、
寶匣之謂，為置於「奧に思ふ」前之枕詞。此詩中湯原王邀其貴賓
觀賞他所愛的女子的曼妙舞姿。

134 〔卷三：377〕

　　像青山頂上

　　白雲，雖

　　朝朝見之，我君

　　於我是日日

　　常新的貴賓！

☆青山の嶺の白雲朝に日に常に見れどもめづらし我が君

aoyama no / mine no shirakumo / asa ni ke ni / tsuneni miredomo /
mezurashi waga kimi

譯者說：此詩有題「湯原王宴席歌二首」，此為其第二首。

135〔卷四：632〕

　　於你，妹子啊
　　我能奈何？
　　遙遙月中桂般──
　　目可見
　　手不可攀

☆目には見て手には取らえぬ月の内の桂のごとき妹をいかにせ
む

me niwa mite / te niwa toraenu / tsuki no uchi no / katsura no gotoki /
imo o ikani sen

譯者說：此詩有題「湯原王贈娘子歌二首」，此為其第二首。

136〔卷六：985〕

　　天上的
　　月神啊，請受
　　我獻禮賄賂，
　　請將此夜
　　續長為五百夜！

☆天にます月読をとこ賂はせむ今夜の長さ五百夜継ぎこそ
ame ni masu / tsukuyomiotoko / mai wa sen / koyoi no nagasa / ioyo
tsugikoso

譯者說：此詩有題「湯原王月歌二首」，此為其第一首。日文詩中的
「月読」，又稱月夜見尊、月讀命、月讀尊，是日本古代神話中三大
尊神之一，掌管夜國之神，即月神也。對照後來平安時代歌人小野
小町名句「秋夜之長／空有其名，／我們只不過／相看一眼，／即
已天明」（秋の夜も名のみなりけり逢ふといへば事ぞともなく明け
ぬるものを），此歌之意、之情明矣。

137 〔卷六：989〕

　　用千錘百煉的
　　刀棱攪和酒，
　　美酒千杯
　　敬壯士——
　　啊，豈能不醉！

☆焼太刀の稜打ち放ちますらをの寿く豊御酒に我酔ひにけり

yakitachi no / kado uchihanachi / masurao no / hoku toyomiki ni /
ware einikeri

譯者說：此詩有題「湯原王打酒歌一首」。「稜打ち放ち」一詞意義
未明，也許是以刀棱攪和酒漿，也許是揮刀起舞作為一種禮儀。不
管確切意思為何，此首飲酒歌甚爽快、豪邁。湯原王在歌最後說
「我醉了！」——啊，豈能不醉！

138 〔卷八：1552〕

入暮月明
我心消沉，
庭院
白露降，蟋蟀
聲聲鳴……

☆夕月夜心もしのに白露の置くこの庭にこほろぎ鳴くも

yūzukuyo / kokoro mo shinoni / shiratsuyu no / oku kono niwa ni /
kōrogi nakumo

譯者說：此詩有題「湯原王蟋蟀歌一首」。

安貴王（Aki no Ōkimi，活躍於720-750）

139〔卷四：535〕

　　不曾以你的柔手
　　為枕共眠，任其
　　空懸，於今已一年——
　　啊，整整一年
　　思念不得見！

☆しきたへの手枕まかず間置きて年そ経にける逢はなく思へば
shikitae no / tamakura makazu / aida okite / toshi so henikeru /
awanaku omoeba

譯者說：此詩有題「安貴王歌一首並短歌」，此為其短歌。有注曰
「安貴王娶因幡八上采女。繫念極甚，愛情尤盛。於時勅斷不敬之
罪，退卻本鄉焉。於是王意悼悒，聊作此歌也。」安貴王，志貴皇
子之孫，春日王之子，妻為紀女郎（參見本書第141至144首，及
146、147首等詩）。他約於724年時又納詩題中所說「八上采女」為
妻，被判以冒犯君主之大不敬罪，八上采女被遣回家鄉因幡。安貴
王思念經年，不得相見共寢，乃悲吟此歌。

140 〔卷八：1555〕

入秋
才幾天，醒來
拂曉之風
吹袖上，
帶著寒意……

☆秋立ちて幾日もあらねばこの寢ぬる朝明の風は手本寒しも
aki tachite / ikuka mo araneba / kono nenuru / asake no kaze wa /
tamoto samushi mo

譯者說：此詩有題「安貴王歌一首」。日文原詩中的「手本」（たもと），即「袂」（たもと），袖子或袖口之意。

173

紀女郎（Ki no Iratsume，活躍於720-750）

141〔卷四：643〕

　　我若是世間普通

　　女子，要渡過眼前

　　不得不渡的（啊，

　　夫君哪）痛背川，

　　我何難之有？

☆世の中の女にしあらば我が渡る痛背の川を渡りかねめや

yo no naka no / omina ni shi araba / waga wataru / anase no kawa o /
watarikaneme ya

譯者說：此詩有題「紀女郎怨恨歌三首」，即此處所譯第141至143等
三首短歌。詩題之後另有注謂紀女郎為「鹿人大夫之女，名曰小鹿，
安貴王之妻也」。紀女郎又稱「紀小鹿女郎」或「紀少鹿女郎」。這些
「怨恨歌」是對其夫安貴王的怨恨嗎？《萬葉集》編纂者並沒有提供
我們清楚的背景，但在注中點出安貴王之名也許是某種暗示。痛背
川，據考可能是三輪山北麓西流之「穴師川」，即今奈良縣櫻井市卷
向川。「痛背」兩字可有「因背離、背棄而痛」之想。「痛背」日文可
寫成「あな背」或「あなせ」（音皆為a-na-se），「背」（せ）意思即
丈夫，「あな背」三字可分解成──「あ」（啊）＋「な」（汝）＋「背」
（丈夫）──即「啊，你，我的丈夫！」如本書前譯第48首但馬皇女
詩所示，「渡河」對一個女子是件大事，也表徵其堅決之心。紀女郎
所愛之人對其「背離」，她不得不渡河而去，以越渡此悲痛、困頓，
或盼其夫君回心轉意。讓她尤怨的是，她自己的身分使她無法像「世
間普通女子」般，可以毫無猶豫、無顧慮地痛快行動，這是此詩另一
層讓人痛切處。紀女郎三首怨歌皆極哀怨、動人。我們不清楚此「怨
局」最終如何解，但從本書底下所譯第144至148首短歌中，我們發
現多年之後（在740-750年間），年歲益長的她強烈吸引了年紀小她頗
多的歌人大伴家持對她心生愛慕，以熾熱的戀歌追求她、哄護她。

142 〔卷四：644〕

如今我惆悵
欲絕，想到將
縱你自我手中鬆離
溜走——你啊，
我生命之繩……

☆今は我は侘びぞしにける息の緒に思ひし君を縱さく思へば
ima wa wa wa / wabi zo shinikeru / iki no o ni / omoishi kimi o /
yurusaku omoeba

143 〔卷四：645〕

交疊的白袖
必須分開的
訣別之日將近，
我心哽塞，泣聲
破哽噎之喉而出

☆白栲の袖別るべき日を近み心にむせひ音のみし泣かゆ
shirotae no / sode wakarubeki / hi o chikami / kokoro ni musei / ne
nomi shi nakayu

175

144 〔卷四：762〕

非我年高髮蒼
而拒你矣──
只因，啊只因
若使答應了
怕日後我心孤寂

☆神さぶといなにはあらずはたやはたかくして後にさぶしけむ
かも

kamusabu to / ina niwa arazu / hata ya hata / kaku shite nochi ni /
sabushiken kamo

譯者說：此詩有題「紀女郎贈大伴宿禰家持歌二首」，此為其第一
首。《萬葉集》中共出現十四個與大伴家持有戀愛關係的女性之名，
年紀較大伴家持大的紀女郎，恐怕是大伴家持最心儀、最癡戀的一
位。大伴家持所答之歌如下──

大伴家持（Ōtomo no Yakamochi）

145〔卷四：764〕
　　　縱使你百歲
　　　老邁齒落舌出
　　　彎腰駝背，我也
　　　不會對你生厭——
　　　對你的愛有增無減

☆百歳に老い舌出でてよよむとも我はいとはじ恋は益すとも
momotose ni / oi shita idete / yoyomu tomo / ware wa itowaji / koi wa
masu tomo

譯者說：此詩有題「大伴宿禰家持和歌一首」。關於大伴家持歌作，
除此處與紀女郎有關的第145、148首譯詩外，詳見本書第271至289
首。

紀女郎（Ki no Iratsume）

146〔卷八：1460〕

　　　　為了你這小子，
　　　　我的手不停
　　　　摘採春野上的
　　　　茅花——快快
　　　　吃下，變肥變胖！

☆戲奴がため我が手もすまに春の野に抜ける茅花ぞ召して肥え
ませ

wake ga tame / waga te mo suma ni / haru no no ni / nukeru tsubana
zo / meshite koemase

譯者說：此詩有題「紀女郎贈大伴宿禰家持歌二首」，此處所譯第
146、147首短歌即是。日語「戲奴」（わけ：wake），可指第二人稱
「你」，或第一人稱「我」，是詼諧、親密的表現。紀女郎此二首歌
中指「你」，後面第148首中指「我」。

147〔卷八：1461〕

　　　合歡樹──白晝
　　　開花，入夜
　　　合歡眠──不要只讓
　　　君上我一人玩賞，
　　　小子啊你也來同歡

☆昼は咲き夜は恋ひ寝る合歓木の花君のみ見めや戯奴さへに見
よ

hiru wa saki / yoru wa koinuru / nebu no hana / kimi nomi mimeya /
wake saeni miyo

譯者說：此詩後有注「折攀合歡花並茅花贈也」。詩中日文「君」，
古代時多為女性對男性的敬稱，此處紀女郎以之戲稱自己，亦流露
親暱、詼諧意，故作撒嬌╱使壞態。大伴家持獲紀女郎贈此二首短
歌後，也回贈以短歌兩首。底下第148首為其一──

179

大伴家持（Ōtomo no Yakamochi）

148〔卷八：1462〕
　　小子我無疑
　　癡戀上君上你，
　　雖聽命勤食所賜
　　茅花——入肚後
　　卻瘦之又瘦

☆我が君に戯奴は恋ふらし賜りたる茅花を食めどいや痩せに痩
す

waga kimi ni / wake wa kourashi / tabaritaru / tsubana o hamedo / iya
yase ni yasu

譯者說：此詩有題「大伴家持贈和歌二首」，為大伴家持答前面紀女
郎之作，此為其第一首。

廣河女王（Hirokawa no Ōkimi，8世紀）

149 〔卷四：694〕

    我心戀草
    蔓生，足可裝滿
    七台大牛車——
    負荷如是重，我
    甘心受之

☆恋草を力車に七車積みて恋ふらく我が心から

koigusa o / chikaraguruma ni / nanakuruma / tsumite kouraku / waga
kokoro kara

譯者說：此作有題「廣河女王歌二首」，即此處所譯第149、150兩
首短歌。廣河女王為穗積皇子之孫女，上道王之女。

150 〔卷四：695〕

    本以為
    如今我已與
    愛絕緣——豈料
    不知從何處
    愛撲過來揪住我

☆恋は今はあらじと我は思へるをいづくの恋ぞつかみかかれる

koi wa ima wa / arajito ware wa / omoeru o / izuku no koi zo /
tsukamikakareru

笠金村（Kasa no Kanamura，活躍於715-733）

151〔卷三：364〕

　　大丈夫
　　振起弓梢，將箭
　　射出——後有
　　見之者，願代代
　　傳頌吾箭蹤！

☆ますらをの弓末振り起こし射つる矢を後見む人は語り継ぐがね

masurao no / yuzue furiokoshi / itsuru ya o / nochi min hito wa / kataritsugu gane

譯者說：此詩有題「笠朝臣金村鹽津山作歌二首」，此為其第一首。鹽津山，位於今滋賀縣琵琶湖北端。日本古有習俗，遠行者將箭射於路邊杉樹上，以祈求旅途平安，亦有到此一遊，「打卡」百代千萬人知之意。

152 〔卷四：544〕

　　與其留居在家
　　渴望你，
　　情願你我
　　長臥為
　　紀伊國夫妻山

☆後れ居て恋ひつつあらずは紀伊の国の妹背の山にあらましものを

okureite / koitsutsu arazuwa / ki no kuni no / imose no yama ni /
aramashimono o

譯者說：此詩有題「神龜元年甲子冬十月，幸紀伊國之時，為贈從
駕人所求娘子作歌一首並短歌」，此為其兩首短歌之一。是724年
時，笠金村假借隨聖武天皇出巡的侍從留居在家之妻口吻，寫給其
夫的。紀伊國「妹背山」（妹背の山，いもせのやま：imose no
yama）在今和歌山縣，其「紀之川」（紀の川）左岸有妹山，右岸
有背山，合稱「妹背山」——日文「妹」（いも：imo）意為阿妹、
妻子，「背」（せ：se）意為兄（阿哥）、丈夫，合起來即「夫妻山」。
紀伊國為詩中丈夫所往之處。

183

153〔卷四：547〕

　　天雲外遙遙

　　一見時，我心身

　　即被你吸引，

　　妹子啊——

　　直至此際！

☆天雲の外に見しより我妹子に心も身さへ寄りにしものを

amakumo no / yoso ni mishi yori / wagimoko ni / kokoro mo mi sae /

yorinishimono o

譯者說：此詩有題「二年乙丑春三月，幸三香原離宮之時，得娘子
作歌一首並短歌」，是笠金村於725年陪侍聖武天皇至三香原離宮
時，獲當地一女子為妻而詠之歌，此處所譯第153、154首為其兩首
短歌。學者認為此詩為詩人一廂情願的想像之作，雖屬虛構，但現
實生活中笠金村一定有過真切的單戀經驗，方能成此真率、生動之
作。詩開頭的「天雲の」（amakumo no）為修飾「外」之枕詞。

154 〔卷四：548〕

春宵苦短
恨無方——
但願今夜綿長
纏綿，一百
秋夜長！

☆今夜の早く明けなばすべをなみ秋の百夜を願ひつるかも
koyoi no / hayaku akenaba / sube o nami / aki no momoyo o /
negaitsurukamo

譯者說：比起前面第136首譯詩中，湯原王獅子大開口，希望一夜
延長為「五百夜」，笠金村此處顯然索求不算大，節制很多。

155〔卷六：908〕
　　啊，我願年年
　　來此地，看
　　美麗吉野清澈
　　河谷內，
　　白浪翻滾！

☆年のはにかくも見てしかみ吉野の清き河内の激つ白波
toshinowa ni / kaku mo miteshika / miyoshino no / kiyoki kōchi no /
tagitsu shiranami

譯者說：此詩有題「養老七年癸亥夏五月，幸於芳野離宮時，笠朝
臣金村作歌一首並短歌」，乃723年陪侍元正女天皇遊吉野時所作。
此首與下一首（第156首）為所附兩首短歌。

156〔卷六：909〕
　　山高，水激盪成
　　條條瀑布直瀉
　　彷彿白木棉花——
　　啊，河谷內
　　百看千看不厭！

☆山高み白木綿花に落ち激つ滝の河内は見れど飽かぬかも
yama takami / shirayūbana ni / ochitagitsu / taki no kōchi wa / miredo
akanu kamo

186

山部赤人（Yamabe no Akahito，7-8世紀）

157〔卷三：318〕
　　　來到田子浦，
　　　岸邊遠眺
　　　富士山——
　　　白雪皚皚
　　　凝峰頂

☆田子の浦ゆうち出でて見れば眞白にぞ富士の高嶺に雪は降り
ける

tagonoura yu / uchiidete mireba / mashiro ni zo / fuji no takane ni /
yuki wa furikeru

譯者說：此詩有題「山部宿禰赤人望不盡山歌一首並短歌」，此首為
其短歌，後被收入藤原定家所編《小倉百人一首》中，廣為流傳。
在一首短歌裡讓山／水同框，（小）詩中有（大）畫，誠屬不易。詩
題中的「不盡山」即富士山。田子浦，指駿河國（今靜岡縣）海岸。
《小倉百人一首》中，文本小有更動——「田子の浦にうち出でてみ
れば白妙の富士の高嶺に雪は降りつつ」（來到田子浦，／岸邊遠
眺／富士山——／峰頂白雪／紛紛飄……）。

158〔卷三：325〕

噢，明日香川，
一如在你的
河面上懸浮
不散的霧——我的
愛意難消……

☆明日香河川淀さらず立つ霧の思ひ過ぐべき恋にあらなくに
asukagawa / kawayodo sarazu / tatsu kiri no / omoisugubeki / koi ni
aranakuni

譯者說：明日香川，亦稱飛鳥川，流經今奈良縣明日香一地之河
川。此詩寫詩人對飛鳥時代故都的戀意。

159〔卷三：360〕

潮退時
快為我刈翠藻，
家中妻子如果
向我索海濱特產，
要用什麼交代？

☆潮干なば玉藻刈りつめ家の妹が浜づと乞はば何を示さむ
shihohi naba / tamamo karitsume / ie no imo ga / hamazuto kowaba /
nani o shimesan

160 〔卷三：362〕

> 雎鳩所棲的
> 海岸，生長著
> 名告藻，告訴我
> 你的名字，即使會
> 被你爸媽知道

☆みさご居る磯廻に生ふる名告藻の名はのらしてよ親は知るとも
misago iru / isomi ni ouru / nanoriso no / na wa norashite yo / oya wa
shiru tomo

譯者說：名告藻，又稱名乘藻，即馬尾藻。請對方告訴自己名字，
表示請求交往或求偶之意。可參閱本書第5首譯詩。

161 〔卷六：918〕

> 海中小島岩岸
> 美麗的海藻
> 逐漸被滿漲的
> 潮水隱沒，
> 讓人思念……

☆沖つ島荒磯の玉藻潮干満ちい隠りゆかば思ほえむかも
okitsushima / ariso no tamamo / shiohi michi / ikakuri yukaba /
omōen kamo

162〔卷六：919〕

潮滿和歌浦
淺灘盡淹沒，
群鶴飛鳴——
疾疾向
蘆葦叢邊

☆若の浦に潮満ち来れば潟を無み葦辺をさして鶴鳴き渡る
wakanoura ni / shio michikureba / kata o nami / ashibe o sashite / tazu
nakiwataru

譯者說：日文原詩中之「若の浦」（わかのうら），即和歌浦，位於
今和歌川口西岸，乃和歌山市舊和歌浦。

163〔卷六：924〕

噢，吉野
象山峽谷
樹梢間此起
彼落，嘈雜
響亮的鳥聲……

☆み吉野の象山のまの木末にはここだも騒く鳥の声かも
miyoshino no / kisayama no ma no / konure niwa / kokoda mo
sawaku / tori no koe kamo

譯者說：象山，今奈良縣縣吉野町宮瀧南面之山。

164 〔卷六：925〕

艷黑夜
更深，純淨的
河灘上
野桐鬱茂，
千鳥鳴復鳴……

☆ぬばたまの夜の更けゆけば久木生ふる清き川原に千鳥しば鳴く
nubatama no / yo no fukeyukeba / hisagi ouru / kiyoki kawara ni /
chidori shibanaku

譯者說：詩中日文「ぬばたま」（nubatama，「射干玉」或「烏玉」），
指「射干」（鳶尾屬草本植物，又稱夜干、檜扇、烏扇）果實開裂後
露出的黑黑圓圓、帶有光澤的種子。「ぬばたまの」（「射干玉の」
或「烏玉の」）是置於「夜」、「黑」、「髮」等字詞前的「枕詞」（固
定修飾語）。「久木」，或稱赤芽柏、野桐、楸樹。「千鳥」為鳥名，
中文名為「鴴」。

165〔卷六：947〕

　　啊，願像須磨海女
　　採藻燒鹽時所穿
　　之衣，親密
　　貼你身，
　　無一日將君忘

☆須磨の海女の塩焼き衣の慣れなばか一日も君を忘れて思はむ
suma no ama no / shioyaki kinu no / narenaba ka / hitohi mo kimi o /
wasurete omowan

譯者說：此詩有題「過敏馬浦時，山部宿禰赤人作歌一首並短歌」，
此首為其短歌。

166〔卷六：1001〕

　　壯士們出發

　　狩獵去了，

　　紅裳的少女們

　　裳裾飄飄，漫步

　　純淨沙灘上……

☆ますらをはみ狩に立たし娘子らは赤裳裾引く清き浜びを
masurao wa / mikari ni tatashi / otomera wa / akamo susobiku / kiyoki
hamabi o

譯者說：此詩有題「春三月幸於難波宮之時歌六首」，乃734年聖武
天皇幸於難波宮時，陪侍的山部赤人所作。此首為其中第五首，美
麗、純淨如一幅近代西方田園畫或一首中世紀牧歌——但它是東方
的，生動對比了逐漸隱入畫面背景成隊出發狩獵、充滿力感的宮中
壯士，以及畫面前景，年輕的、優雅的、白淨沙灘上輕快移步的宮
女們。如果是一幅畫，幸福、歡愉的氛圍奪框而出；如果是一首音
樂，浪聲、獵角聲，窸窣腳步聲外，你還聞到海和青春的味道……

167 〔卷八：1424〕
　　　春野
　　　採摘紫羅蘭，
　　　美景有情，誘人
　　　流連，我回報其以
　　　一夜寢

☆春の野にすみれ摘みにと来し我ぞ野をなつかしみ一夜寝にける
haru no no ni/sumire tsumi ni to / koshi ware zo / no o natsukashimi /
hitoyo nenikeru

168 〔卷八：1425〕
　　　山櫻花啊，你
　　　一日又一日
　　　接連開放，
　　　非要掏盡我
　　　對你的渴望？

☆あしひきの山桜花日並べてかく咲きたらばいと恋ひめやも
ashihiki no / yamasakurabana / hi narabete / kaku sakitaraba / ito
koime yamo

194

169 〔卷八：1426〕

　　欲邀我的阿哥
　　賞梅花，
　　可嘆雪花
　　也來鬧，紛紛
　　搶白難分清

☆我が背子に見せむと思ひし梅の花それとも見えず雪の降れれば

waga seko ni / misen to omoishi / ume no hana / sore to mo miezu /
yuki no furereba

譯者說：此處日文原詩中之「背子」意為戀人或阿哥。

170 〔卷八：1427〕

　　明日採春菜，
　　野地上
　　範圍都已標定，
　　偏偏昨日今日
　　雪降不停……

☆明日よりは春菜摘まむと標めし野に昨日も今日も雪は降りつつ

asu yori wa / haruna tsuman to / shimeshi no ni / kinō mo kyō mo /
yuki wa furitsutsu

高橋蟲麻呂（Takahashi no Mushimaro，7-8世紀）

171〔卷九：1739〕
　　如果有男人
　　來叩其金屬門，
　　雖夜半，
　　奮不顧身
　　她出門幽會

☆金門にし人の来立てば夜中にも身はたな知らず出でてぞ逢ひ
ける

kanato ni shi / hito no kitateba / yonaka ni mo / mi wa tanashirazu /
idete zo aikeru

譯者說：此詩有題「詠上總末珠名娘子」。上總、末，地名，今千葉
縣富津市。「珠名」為詩中女主角之名。此首短歌前有一長歌詠此位
色姝人艷、作風大膽，善與男子周旋，追求者眾的「珠名娘子」。

172 〔卷九：1745〕

　　那賀村對面的
　　曝井，汩汩清水
　　不斷不斷流出，
　　想時時去那兒一訪，
　　濯衣女中遇我妻

☆三栗の那賀に向かへる曝井の絶えず通はむそこに妻もが

mitsuguri no / naka ni mukaeru / sarashii no / taezu kayowan / soko ni
tsuma mo ga

譯者說：此詩有題「那賀郡曝井歌一首」。那賀郡，在常陸國，詩中
的「那賀」指那賀郡那賀村，即今那珂町。曝井，位於茨城縣水戶
市愛宕町瀧坂之井泉，傳說因湧清水不斷，村中婦女每聚此洗濯、
曝曬衣物，因以為名。

197

173〔卷九：1747〕

　　白雲舒卷的

　　龍田山，

　　瀑布上游

　　小桉嶺上

　　櫻花

　　爭艷放。

　　山高

　　風不止，

　　春雨

　　持續降，

　　上枝花飄散，

　　下枝

　　花殘存——

　　但願

　　暫莫凋落

　　莫亂飄，

　　直至異地

　　草枕露宿的你

　　旅行歸來！

☆白雲の／龍田の山の／瀧の上の／小桜の嶺に／咲きををる／
桜の花は／山高み／風し止まねば／春雨の／継ぎてし降れば／

上つ枝は／散り過ぎにけり／下枝に／残れる花は／しましく
は／散りな乱れそ／草枕／旅行く君が／帰り来るまで

shirakumo no / tatsuta no yama no / taki no ue no / ogura no mine ni /
sakiooru / sakura no hana wa / yama takami / kaze shi yamaneba /
harusame no / tsugiteshi fureba / hotsue wa / chirisuginikeri / shizue
ni / nokoreru hana wa / shimashiku wa / chiri na midare so /
kusamakura / tabi yuku kimi ga / kaerikuru made

譯者說：此詩有題「春三月，諸卿大夫等下難波時歌二首並短歌」，
此為第一首長歌。龍田山為今奈良縣生駒郡三鄉町龍田大社背後之
山。小桉嶺（小桉の嶺），今三室山，位於越龍田山之道上。詩開頭
的「白雲の」是修飾「龍田」之枕詞。

174〔卷九：1748〕
　　我等此行，不會
　　超過七日，
　　風神龍田彥啊
　　暫莫將眼前
　　繁花吹散……

☆我が行きは七日は過ぎじ龍田彥ゆめこの花を風にな散らし
waga yuki wa / nanuka wa sugiji / tatsutahiko / yume kono hana o /
kaze ni na chirashi

譯者說：此詩為前一首長歌所附之短歌。龍田彥，與龍田姬同為風神。龍田大社所祀正是兩龍田風神。詩人一行因公將離繁花正開的龍田山，他央求風神龍田彥暫莫發威摧花，留待他們歸來再賞。

175〔卷九：1758〕

　　阿妹在筑波山
　　山腳下刈
　　秋田，我要去
　　折一枝紅葉
　　送紅顏

☆筑波嶺の裾廻の田居に秋田刈る妹がり遣らむ黄葉手折らな

tsukubane no / susomi no tai ni / akita karu / imogari yaran / momiji
taorana

譯者說：此詩有題「登筑波山歌一首並短歌」，此為其短歌。筑波
山，位於今茨城縣西南部之高山，有俗稱男體山、女體山之男神、
女神二峰。

176〔卷九：1759〕

鷹鷲所棲之
筑波山
裳羽服津邊，
年輕男女們
互相邀約，
攜手齊往
燿歌會
歌舞同歡；
人妻我
可交，我
妻人亦
可快意戲；
統領此山之
大神，亙古
以來於此事
全然不禁：
唯獨此日，
一切狂歡皆安，
勿責其為不端！

☆鷲の住む／筑波の山の／裳羽服津の／その津の上に／率ひて／娘子壯士の／行き集ひ／かがふ燿歌に／人妻に／我も交ら

む／我が妻に／人も言問へ／この山を／うしはく神の／昔より／
いさめぬわざぞ／今日のみは／めぐしもな見そ／事も咎むな

washi no sumu / tsukuba no yama no / mohakitsu no / sono tsu no ue
ni / adomoite / otome otoko no / yukitsudoi / kagau kagai ni /
hitozuma ni / ware mo majiran / waga tsuma ni / hito mo kototo e /
kono yama o / ushihaku kami no / mukashi yori / isamenu waza zo /
kyō nomi wa / megushimo na mi so / koto mo togamu na

譯者說：此詩有題「登筑波嶺為燿歌會日作歌一首並短歌」。「燿歌
會」（「燿」字本意「跳」）為古代民間行事、宗教儀禮，男女於特
定時日、地點，群聚飲食、歌舞、交歡，祈求豐收，為古代開放的
性之祭典，又稱「歌垣」。此首長歌甚能彰顯高橋蟲麻呂詩歌異色、
壯盛之美，其後附有下面（第177首）之短歌，詩中的「男神」即
筑波山西側之男體山——

177 〔卷九：1760〕

　　男神勃立筑波山巔
　　攀向雲端，陣雨
　　自天降，我縱
　　全身濕透，豈能棄
　　雲雨之歡歸去？

☆男神に雲立上り時雨降り濡通るとも我帰らめや
hikokami ni / kumo tachinobori / shigure furi / nuretōru tomo / ware
kaerame ya

178 〔卷九：1808〕

　　勝鹿真間之井，

　　那美少女

　　每日來回汲水，

　　讓人長念啊

　　手兒奈此名

☆勝鹿の真間の井見れば立ち平し水汲ましけむ手児名し思ほゆ

katsushika no / mama no i mireba / tachinarashi / mizu kumashiken /
tegona shi omōyu

譯者說：此詩有題「詠勝鹿真間娘子歌並短歌」，此為其短歌。勝
鹿，下總國葛飾郡，江戶川下流沿岸。真間，今千葉縣市川市真
間。「手児名」（亦作「手児奈」，てごな，音 tegona），東國方言，
美少女之意，以之名此處所詠「勝鹿真間娘子」。此詩前有長歌，敘
述此位不待妝扮、天生麗質的少女，因眾多男子追求，無所適從，
投真間之海自盡的傳奇故事。

179〔卷九：1810〕

來到葦屋此地
訪你菟原少女
之墓，我
徘徊流連，
淚流連連……

☆葦屋の菟原処女の奥つ城を行き来と見れば哭のみし泣かゆ

ashinoya no / unaiotome no / okutsuki o / yukiku to mireba / ne nomi
shi nakayu

譯者說：此首與下一首（第180首）短歌有題「見菟原處女墓歌一
首並短歌」，前有一長歌敘述「菟原處女」與兩男子間的傳奇故事。
菟原，攝津國菟原郡。葦屋，今兵庫縣神戶市六甲山南麓一帶。葦
屋「菟原處女」是聞名遐邇之美少女，茅渟壯士與菟原壯士兩人同
時愛上她，她左右為難，無法兩全，悲傷而死。茅渟壯士夢中得知
菟原處女已死去，隨之自盡，菟原壯士聞訊，仰天悲鳴而死，人將
其二人墓分建在菟原處女墓兩側。高橋蟲麻呂以淒美之筆再現動人
心魂的民間傳奇，誠其代表作也。在下一首短歌中，他點出菟原處
女屬意者乃茅渟壯士。

180 〔巻九：1811〕

　　墳上樹木衆枝
　　齊彎向一方，
　　果如傳聞所言，
　　菟原少女心之所
　　傾，其壯士茅渟

☆墓の上の木の枝靡けり聞きしごと茅渟壯士にし寄りにけらし
も

haka no ue no / ko no e nabikeri / kikishi goto / chinuotoko ni shi /
yorinikerashi mo

山上憶良（Yamanoue no Okura，660-733）

181〔卷一：63〕
　　啊，諸君，
　　我們早日回日本吧！
　　大伴御津岸邊
　　青松，渴盼地等著
　　我們的歸帆呢

☆いざ子ども早く日本へ大伴の御津の浜松待ち恋ひぬらむ
iza kodomo / hayaku yamato e / ōtomo no / mitsu no hamamatsu /
machikoinuran

譯者說：此詩有題「山上臣憶良在大唐時，憶本鄉作歌」，是山上憶
良702年隨遣唐使來中國期間思鄉之作。他於704年回日本。此首詩
可能是《萬葉集》中唯一寫於中國之歌作。大伴御津，昔日難波津
（今大阪灣）上的港口。日語「松」發音「まつ」（matsu），與「待つ」
（まつ：等待）同音。

182 〔卷三：337〕

　　憶良一行等
　　今將自席間告退——
　　幼子正哭泣，
　　與彼母
　　在家中待吾歸……

☆憶良らは今は罷らむ子泣くらむそれその母も我を待つらむぞ
okurara wa / ima wa makaran / ko nakuran / sore sono haha mo / wa o
matsuran zo

譯者說：此詩有題「山上憶良臣罷宴歌」。為其任筑前守時，728年
左右在大宰府宴席中所詠之歌，代表其下屬等辭別主人。此時山上
憶良已近七十歲，以幼子哭、妻在家等候等情景為由告退，殆為本
詩趣味所在——所謂「幼子」，當純屬虛構。

183〔卷五：797〕

　　我真
　　後悔啊！
　　早知如是，
　　要帶伊遍覽
　　國中處處美景！

☆悔しかももかく知らませばあをによし国内ことごと見せましものを
kuyashi kamo / kaku shiramaseba / ao ni yoshi / kunuchi kotogoto /
misemashi mono o

譯者說：此詩作於聖武天皇神龜五年（728年）七月，為附於山上憶
良題為「日本挽歌一首」（《萬葉集》卷七：794）之長歌後，五首
短歌中的第三首，推測為山上憶良悼念亡妻或大伴旅人之妻之作。
下面一首（第184首）為其第五首。

210

184 〔卷五：799〕

霧起
彌漫大野山──
我的悲嘆
化成風，致
霧起彌漫……

☆大野山霧立ちわたる我が嘆くおきその風に霧立ちわたる
ōnoyama / kiri tachiwataru / waga nageku / okiso no kaze ni / kiri
tachiwataru

譯者說：大野山，大伴旅人筑紫（九州）大宰府北方之山。「霧立ち
わたる」（kiri tachiwataru，霧起彌漫）這幾個字，在詩中前後出現
兩次，是此詩頗獨特且動人處。

211

185 〔卷五：802〕

食瓜
思我子，
食栗
更掛牽，
啊，究從
何來，
頻頻入我
眼簾，
奪我安眠

☆瓜食めば／子ども思ほゆ／栗食めば／まして偲はゆ／いづく
より／来りしものぞ／眼交に／もとなかかりて／安寐しなさぬ
uri hameba / kodomo omōyu / kuri hameba / mashite shinuwayu /
izuku yori / kitarishi mono zo / manakai ni / motona kakarite /
yasuishi nasanu

譯者說：此詩有題「思子等歌一首並序」，序謂「釋迦如來，金口正
說『等思眾生，如羅睺羅』。又說『愛無過子』。至極大聖，尚有愛
子之心。況乎世間蒼生，誰不愛子乎。」此首為其長歌，後附一首
短歌如下——

186 〔卷五：803〕

　　銀哉，金哉，玉哉，

　　於我何有哉？

　　寶貝，寶貝，寶貝，

　　有什麼比

　　兒女更寶貝！

☆銀も金も玉も何せむにまされる宝子にしかめやも

shirokane mo / kugane mo tama mo / nanisen ni / masareru takara / ko
ni shikame ya mo

187 〔卷五：805〕

　　曾盼此身

　　永安如磐石，

　　豈料世間事

　　無常

　　難久駐……

☆常磐なすかくしもがもと思へども世の事なれば留みかねつも

tokiwa nasu / kakushimogamo to / omoedomo / yo no koto nareba /
todomikanetsu mo

譯者說：此詩有題「哀世間難住歌一首並序」，成於728年7月，本
首為其所附短歌。

188〔卷五：892〕

風雜

雨降夜，

雨雜

雪降夜，

無術

禦此寒，

取粗鹽

嚼之，

吸飲

糟湯酒，

喉咳

鼻水流，

撫撚我

稀疏鬢，

聊發二三

豪語：「除我

其誰能？」

言畢即寒顫，

連忙蓋

麻被，

僅有的幾件

無袖布衣

全套上，
夜寒竟依然！
敢問比我
更貧者——
父母
受饑寒，
妻兒同聲
哭泣求乞，
當於此之時
汝當如何
渡此世？

天地
雖云廣，
我容身處
獨狹，
日月
雖云明
我不獲
其光，
世人皆如此
或唯我其然？
偶然
生為人，
辛勞

無殊眾生，
無棉
無袖布衣
殘破如
海藻
自我肩
襤褸垂下，
矮屋
斜屋內，
泥地上直接
鋪稻草，
父母在我
枕旁，
妻兒同在
我腳邊，
圍聚
哀吟悲嘆。
有灶
無煙火，
鍋上
結蛛網，
久忘
炊飯事，
聲弱嗚咽
如夜鳥，

而如俗所言——
「東西已
太短，
又將之截端」——
里長持鞭
一路叫囂
來到臥室前
催索稅錢。
果真如是乎，
無術無策以對，
世間之道！

☆風雜り／雨降る夜の／雨雜り／雪降る夜は／術もなく／寒くし
あれば／堅塩を／取りつづしろひ／糟湯酒／うち啜ろひて／咳か
ひ／鼻びしびしに／然とあらぬ／鬢掻き撫でて／吾れを除きて／
人はあらじと／誇らへど／寒くしあれば／麻衾／引き被り／布肩
衣／有りのことごと／着襲へども／寒き夜すらを／我よりも／貧
しき人の／父母は／飢ゑ寒ゆらむ／妻子どもは／乞ふ乞ふ泣くら
む／この時は／いかにしつつか／汝が世は渡る／／
天地は／広しといへど／吾がためは／狭くやなりぬる／日月は／
明しといへど／吾がためは／照りや給はぬ／人皆か／吾のみや然
る／わくらばに／人とはあるを／人並みに／吾も作れるを／綿も
なき／布肩衣の／海松のごと／わわけ下がれる／襤褸のみ／肩に
うち掛け／伏廬の／曲廬の内に／直土に／薫解き敷きて／父母は／
枕の方に／妻子どもは／足の方に／囲み居て／憂へ吟ひ／かまど
には／火気吹き立てず／甑には／蜘蛛の巣かきて／飯炊く／こと
も忘れて／鵺鳥の／のどよひ居るに／いとのきて／短き物を／端

217

切ると／言へるがごとく／しもと取る／里長が声は／寝屋処ま
で／来立ち呼ばひぬ／かくばかり／すべなきものか／世の中の道

kaze majiri / ame furu yo no / ame majiri / yuki furu yo wa / sube mo
naku / samuku shi areba / katashio o / toritsuzushiroi / kasuyuzake /
uchisusuroite / shiwabukai / hana bishibishi ni / shika to aranu / hige
kakinadete / are o okite / hito wa araji to / hokoroedo / samuku shi
areba / asabusuma / hikikagafuri / nunokataginu / ari no kotogoto /
kisoedo mo / samuki yo sura o / ware yori mo / mazushiki hito no /
chichi haha wa / uekogoyuran / meko domo wa / koukounakuran /
kono toki wa / ikani shitsutsu ka / na ga yo wa wataru //

ametsuchi wa / hiroshi to iedo / aga tame wa / sakuya narinuru /
hitsuki wa / akashi to iedo / aga tame wa / teri ya tamawanu / hito
mina ka / a nomi ya shikaru / wakuraba ni / hito towa aru o / hitonami
ni / are mo nareru o / wata mo naki / nunokataginu no / miru no goto /
wawakesagareru / kakō nomi / kata ni uchikake / fuseio no / mageio
no uchi ni / hitatsuchi ni / wara tokishikite / chichi haha wa / makura
no kata ni／meko domo wa / ato no kata ni / kakumiite / ureesamayoi /
kamado niwa / hoke fukitatezu / koshiki ni wa / kumo no su kakite / ii
kashiku / koto mo wasurete / nuedori no / nodoyoi oru ni / itonokite /
mijikaki mono o / hashi kiru to / ieru ga gotoku / shimoto toru /
satoosa ga koe wa / neyado made / kitachiyobainu / kaku bakari / sube
naki mono ka / yo no naka no michi

譯者說：此詩有題「貧窮問答歌一首並短歌」，為山上憶良代表作，
此首為其長歌。糟湯酒，將酒糟溶在在熱水中做成的飲料。日文原
詩中之「妻子」（音めこ：meko），為妻與子，其後出現之「ども」
（音domo），為「共」之意。「鵺鳥」（ぬえどり），或稱鵺、夜鳥、
虎斑地鶇，常於夜中細聲鳴，用在詩中此處作為形容呻吟、嗚咽聲
的「枕詞」。底下第189首譯詩為此詩所附短歌——

189〔卷五：893〕

深知人間世
充滿憂與恥，
恨無鳥雙翼，
如何沖天
一飛而去？

☆世の中を憂しと恥しと思へども飛び立ちかねつ鳥にしあらねば

yo no naka o / ushi to yasashi to / omoedomo / tobitachikanetsu / tori ni shi araneba

190〔卷五：899〕

苦痛無術解決，
亟思逃家而去，
何物擋我
去路——兒女們
是我難跨之門！

☆術も無く苦しくあれば出で走り去ななと思へど児等に障りぬ

sube mo naku / kurushiku areba / idehashiri / inana to moedo / kora ni sayarinu

譯者說：此詩有題「老身重病，經年辛苦，及思兒等歌七首」，此首與下一首為其六首短歌中之第二、三首。

219

191 〔卷五：900〕

　　富貴人家子弟
　　衣服多到
　　沒身體穿，朽腐
　　棄路旁，
　　盡是絹與綿！

☆富人の家の子どもの着る身なみ腐し捨つらむ絹綿らはも

tomihito no / ie no kodomo no / kiru mi nami / kutashisutsuran /
kinuwatara wa mo

譯者說：此詩頗有杜甫「朱門酒肉臭，路有凍死骨」之味。

220

192 〔卷五：905〕

　　他尚年幼，

　　可能不諳去路，

　　請收下我的禮物，

　　黃泉的使者——

　　求你背著他走吧！

☆若ければ道行き知らじ賄はせむ黄泉の使負ひて通らせ

wakakereba / michiyuki shiraji / mai wa sen / shitae no tsukai / oite

tōrase

譯者說：此詩有題「戀男子名古日歌三首」，有長歌一首、短歌兩
首，此為其短歌之一。「古日」為長歌中所述，被其父母悉心呵護但
不幸夭折之小孩名。山上憶良此首短歌為擬作之祈亡兒安魂歌，賄
賂黃泉使助亡兒黃泉路上，一路平順。頗為感人。

193 〔卷六：978〕

堂堂男子漢
豈能虛度此生，
未留顯赫功，
未傳萬代名——
何可瞑目？

☆士やも空しくあるべき万代に語り継ぐべき名は立てずして
onoko ya mo / munashiku arubeki / yorozuyo ni / kataritsugubeki / na
wa tatezu shite

譯者說：此詩有題「山上臣憶良沈痾之時歌一首」，應為天平五年
（733年）之作。山上憶良病重，藤原朝臣八束，使河邊朝臣東人，
問所疾之狀。山上憶良回報後，拭涕悲嘆，口吟此歌。殆為其辭世
之歌！

194 〔卷五：818〕

> 我家
> 庭中梅花，春光中
> 最先綻放——怎能一人
> 獨賞，悠悠
> 度此春日？

☆春さればまづ咲く宿の梅の花独り見つつや春日暮らさむ
haru sareba / mazu saku yado no / ume no hana / hitori mitsutsu ya /
haruhi kurasan

譯者說：此詩收於《萬葉集》卷五「雜歌」，有題「梅花歌三十二首
並序」，為天平二年（730年）春，眾人在大宰帥大伴旅人邸宅宴會
中吟詠的歌作之一。此組「梅花歌」之序以漢文寫成——「天平二
年正月十三日，萃於帥老之宅，申宴會也。於時，初春令月，氣淑
風和。梅披鏡前之粉，蘭熏珮後之香。加以曙嶺移雲，松掛羅而傾
蓋，夕岫結霧，鳥封縠（薄霧）而迷林。庭舞新蝶，空歸故鴈。於
是蓋天坐地，促膝飛觴。忘言一室之裡，開衿煙霞之外。淡然自
放，快然自足。若非翰苑，何以攄（述）情。詩紀落梅之篇，古今
夫何異矣。宜賦園梅，聊成短詠。」此序作者不明，但一般認為是
山上憶良之作。李白著名的〈春夜宴桃李園序〉約作於733年前後，
兩序實可互相輝映。2019年4月1日，日本政府發佈新年號為「令
和」，於5月1日皇太子德仁繼位天皇之日零時啟用。「令」、「和」
兩字，正出自「梅花歌」序文「初春令月，氣淑風和」之句。宴會
主人大伴旅人，當日也寫了底下這一首（第195首）短歌同歡——

223

大伴旅人（Ōtomo no Tabito，665-731）

195〔卷五：822〕
梅花紛紛
散落我家庭園，
好似雪花
從遠方天際
飄降……

☆我が園に梅の花散る久方の天より雪の流れ来るかも
waga sono ni / ume no hana chiru / hisakata no / ame yori yuki no /
nagarekuru kamo

譯者說：此首大伴旅人之作，為730年春在其筑紫大宰帥邸賓主所
詠三十二首「梅花歌」中的第八首。（誤）以白梅為雪花，或（誤）
以雪花為梅開，此一「美麗的錯比」，此前、此後不斷出現於日本歌
人之歌作中。中國古典詩裡更不乏以梅比雪之先例——南朝蘇子卿
〈梅花落〉中有「只言花是雪，不悟有香來」之句，唐朝盧照鄰〈橫
吹曲辭・梅花落〉中有「雪處疑花滿，花邊似雪回」之句。

196〔卷五：852〕

　　夢中梅花對我

　　說：「我們自許為

　　風流花，

　　浮我們於你的

　　酒中吧……」

☆梅の花夢に語らく雅たる花と我思ふ酒に浮かべこそ

ume no hana / ime ni kataraku / miyabitaru / hana to are mou / sake ni
ukabe koso

譯者說：此詩有題「後追和梅歌四首」，殆為追和前述730年春宴眾
所詠「梅花歌」之作。此為其第四首。

197〔卷三：340〕

　　古代竹林有七賢，

　　一二三四五六七，

　　同框舉杯醵爭推：

　　世間所愛酒第一！

☆古の七の賢しき人たちも欲りせし物は酒にしあるらし

inishie no / nana no sakashiki / hitotachi mo / hori seshi mono wa /
sake ni shi arurashi

譯者說：此詩前有題「大宰帥大伴卿讚酒歌十三首」，是大伴旅人名
作，可媲美「竹林七賢」之一劉伶的〈酒德頌〉。此首與下面四首為
其中之第3、4、6、9、11首。

225

198 〔巻三：341〕

　　誇誇而言
　　若有物，
　　不若飲酒
　　趁醉哭

☆賢しみと物言ふよりは酒飲みて酔哭するし勝りたるらし
sakashimi to / mono iu yori wa / sake nomite / einaki suru shi /
masaritaru rashi

199 〔巻三：343〕

　　生為人庸碌，
　　寧願當酒壺，
　　壺中天地寬，
　　常染酒芬芳

☆中々に人とあらずは酒壺になりにてしかも酒に染みなむ
nakanaka ni / hito to arazu wa / sakatsubo ni / narinite shikamo / sake
ni shiminan

200〔卷三：346〕

　　夜光寶珠
　　七彩輝，
　　豈敵一飲
　　千憂飛？

☆夜光る玉といふとも酒飲みて心を遣るに豈しかめやも
yoru hikaru / tama to iu tomo / sake nomite / kokoro o yaru ni / ani
shikame ya mo

201〔卷三：348〕

　　今世狂歡
　　樂逍遙，
　　不懼來世
　　為蟲鳥

☆この世にし楽しくあらば来む世には虫に鳥にも我はなりなむ
ko no yo ni shi / tanoshiku araba / kon yo ni wa / mushi ni tori ni mo /
ware wa narinan

譯者說：飲酒為佛教五戒之一，違者來世墮畜生道。

202 〔卷三：438〕

　　往昔我臂
　　纏我愛妻做她
　　鴛鴦枕，
　　如今臂枕空展，
　　無人共纏綿

☆愛しき人の纏きてし敷栲の我が手枕を纏く人あらめや
utsukushiki / hito no makiteshi / shikitae no / waga tamakura o / maku
hito arame ya

譯者說：此詩有題「神龜五年戊辰，大宰帥大伴卿思戀故人歌三
首」，為晚年喪妻的大伴旅人728年時思念亡妻之作，頗為感人。

203〔卷三：446〕
　　鞆浦的杜松
　　常青依然，
　　與我曾共看的
　　阿妹，如今
　　已不在人寰

☆我妹子が見し鞆の浦の天木香樹は常世にあれど見し人ぞなき
wagimoko ga / mishi tomo no ura no / muro no ki wa / tokoyo ni
aredo / mishi hito zo naki

譯者說：此詩亦為大伴旅人思念亡妻之作，前有題「天平二年庚午
冬十二月，大宰帥大伴卿向京上道之時作歌五首」，此首為其中第
一首。鞆浦（鞆の浦），今廣島縣福山市鞆町的海岸。天平二年為西
元730年。

204 〔卷五：855〕

　　松浦川，川流
　　閃閃急奔，
　　阿妹立在那兒
　　釣小鮎——
　　弄濕了衣裙

☆松浦川川の瀨光り鮎釣ると立たせる妹が裳の裾濡れぬ

matsuragawa / kawa no se hikari / ayu tsuru to / tataseru imo ga / mo no suso nurenu

譯者說：松浦川，流經今九州佐賀縣北部之河川。《萬葉集》此首短歌前有大伴旅人（與女子）之「遊松浦河贈答歌二首」，並有序謂「余以暫往松浦之縣逍遙，聊臨玉島之潭遊覽，忽值釣魚女子等也。花容無雙，光儀無匹。開柳葉於眉中，發桃花於頰上。意氣凌雲，風流絕世。僕問曰，誰鄉誰家兒等，若疑神仙者乎？娘等皆笑答曰，兒等者，漁夫之舍兒，草庵之微者，無鄉無家，何足稱云，唯性便水，復心樂山，或臨洛浦而徒羨玉魚，乍臥巫峽以空望煙霞，今以邂逅相遇貴客，不勝感應，輒陳款曲，而今而後，豈可非偕老哉。下官對曰，唯唯，敬奉芳命。於時日落山西，驪馬將去，遂申懷抱，因贈詠歌……」。此處第204首譯詩有題「蓬客等更贈歌三首」，與下一首（第205首）為「蓬客」（大伴旅人）再贈女子三首歌中之第一、三首。這些「女子」們殆係大伴旅人虛構之人物，這些短歌應皆為受唐傳奇〈遊仙窟〉影響之想像、幻遊之作。

205 〔卷五：857〕

　　松浦川彼處

　　伊人在釣小鯰——

　　阿妹啊，我想

　　枕在

　　你的臂上

☆遠つ人松浦の川に若鮎釣る妹が手本を我れこそ卷かめ

tōtsuhito / matsura no kawa ni / wakayu tsuru / imo ga tamoto o /

ware koso makame

譯者說：《萬葉集》大伴旅人此首短歌後有「娘等更報歌三首」，是「女子們」再答大伴旅人之作，其第二首（《萬葉集》卷五：859）如下（日語「川門」指河道窄處，為渡口所在，也是通向詩中女子家門的捷徑）——

　　春天一來到，

　　我家鄉里

　　河川渡口處

　　小鯰跳躍，

　　焦急盼君至……

☆春されば我家の里の川門には鮎子さ走る君待ちがてに

haru sareba / wagie no sato no / kawato niwa / ayuko sabashiru

kimi machigateni

206 〔卷六：957〕

啊，諸位，

即便濕了白袖，

我們到香椎的潮灘

採海藻

佐早餐吧

☆いざ子ども香椎の潟に白妙の袖さへ濡れて朝菜摘みてむ

iza kodomo / kashii no kata ni / shirotae no / sode sae nurete / asana
tsumiten

譯者說：香椎，在今九州福岡市東北。

207〔卷三：331〕

盛年能重返
我身嗎？
啊，此生
恐無緣再見
京城奈良

☆わが盛りまたをちめやもほとほとに奈良の都を見ずかなりなむ

waga sakari / mata ochime ya mo / hotohoto ni / nara no miyako o /
mizu ka narinan

譯者說：大伴旅人一生活了六十七歲（665-731），六十三、四歲時
（727或728年）赴九州任筑紫大宰帥，已逾花甲之齡的他深恐自己
老死九州，無緣再見奈良一眼。所幸他於730年時升命為大納言而
回京，半年後去世。

233

沙彌滿誓（Shami Manzei，活躍於704-731）

208〔卷三：336〕
　　神秘火光國度
　　筑紫之棉啊，
　　我雖還未將你
　　穿上身，一見
　　便覺溫暖！

☆しらぬひ筑紫の綿は身につけていまだは着ねど暖けく見ゆ
shiranui / tsukushi no wata wa / mi ni tsukete / imada wa kinedo /
atatakeku miyu

譯者說：此詩有題「沙彌滿誓詠綿歌一首」。沙彌滿誓，俗名笠朝臣
麻呂，723年因任營造筑紫觀音寺的僧官而赴筑紫。日文「しらぬ
ひ」（即しらぬい，shiranui，置於「筑紫」之前的枕詞），即「不
知火」，神秘火光——夜間海上出現的火光閃爍現象，尤以九州（筑
紫）八代海、有明海出現的火光最為有名。

209 〔卷三：351〕

　　啊，我該把此世

　　比作什麼？

　　它像一條船，

　　清早起航，離港

　　一去無蹤跡……

☆世の中を何に譬へむ朝開き漕ぎ去にし船の跡なきごとし
yo no naka o / nani ni tatoen / asabiraki / kogiinishi fune no / ato naki
gotoshi

210 〔卷四：573〕

　　雖然烏玉般的

　　黑髮已變白，

　　竟仍有為

　　渴慕、思戀

　　苦惱時……

☆ぬばたまの黒髪変はり白けても痛き恋には会ふ時ありけり
nubatama no / kurokami kawari / shiraketemo / itaki koi niwa / au
toki arikeri

譯者說：此詩有題「大宰帥大伴卿上京之後，沙彌滿誓贈卿歌二
首」，本首為其二，是沙彌滿誓寫給大伴旅人之作。黑髮已變白
髮，少年漸轉老年，看破塵世、半出家的「沙彌」，居然對紅塵、紅
顏仍念念不忘，不時為其折騰……

235

大伴百代（Ōtomo no Momoyo，活躍於730-750）

211〔卷四：559〕
> 生來無事
> 平安過，
> 豈知老來
> 生波，遭此
> 苦戀播弄……

☆事もなく生き来しものを老いなみにかかる恋にも我はあへる
かも

koto mo naku / ikikoshi mono o / oinami ni / kakaru koi ni mo / ware
wa aeru kamo

譯者說：此詩有題「大宰大監大伴宿禰百代戀歌四首」，此首與下一
首是其中前兩首。本詩與前一首沙彌滿誓詩，頗有異曲同妙處。

212 〔卷四：560〕

　　如果因苦戀

　　而死，有何益？

　　所望者乃

　　有生之日，妹子啊

　　得與你相會

☆恋ひ死なむ後は何せむ生ける日のためこそ妹を見まく欲りすれ

koishinan / nochi wa nani sen / ikeru hi no / tame koso imo o /
mimaku hori sure

藤原廣嗣（Fujiwara no Hirotsugu，?-740）

213 〔卷八：1456〕
　　此花一枝內
　　隱藏
　　千萬語——
　　切莫
　　輕視之啊！

☆この花の一枝のうちに百種の言ぞ隱れるおほろかにすな
kono hana no / hitoyo no uchi ni / momokusa no / koto zo komoreru /
ōroka ni su na
譯者說：此詩有題「藤原朝臣廣嗣櫻花贈娘子歌一首」。

娘子（Otome，8世紀）

214〔卷八：1457〕
此花一枝內
承載
千萬語——
情重
故枝折乎？

☆この花の一枝のうちは百種の言持ちかねて折らえけらずや
kono hana no/hitoyo no uchi wa / momokusa no / koto mochikanete /
oraekerazu ya

譯者說：此詩有題「娘子和歌一首」，乃受贈櫻花之年輕女子回應藤
原廣嗣前首贈詩之作。一來一往，此花（「この花」）、一枝、千萬
（「百種」）等母題重現，頗富機智。

239

安都扉娘子（Ato no Tobira no Otome，8世紀）

215〔卷四：710〕
　　曾借天空月光
　　與那人
　　一瞥相見——如今
　　夢中，接二
　　連三見到他

☆み空行く月の光にただ一目相見し人の夢にし見ゆる
misora yuku / tsuki no hikari ni / tada hitome / aimishi hito no / ime
ni shi miyuru

譯者說：此詩《萬葉集》原文（「萬葉假名」，即「真假名」、漢字）
寫成「三空去／月之光二／直一目／相三師人之／夢西所見」，刻意
呈現漢字數字的趣味，判斷作者可能屬大伴家持交際圈中之人。

田邊福麻呂（Tanabe no Sakimaro，活躍於740-750）

216〔卷六：1066〕
　　清澄鏡子般的
　　敏馬浦——
　　百船行過，
　　無不靠岸欣然
　　進入其視框

☆まそ鏡敏馬の浦は百船の過ぎて行くべき浜ならなくに
masokagami / minume no ura wa / momofune no / sugite yukubeki /
hama naranaku ni

譯者說：此作有題「過敏馬浦時作歌一首並短歌」，此首與下一首
（第217首）為所附兩首短歌。敏馬浦，今神戶市灘區岩屋附近之海
濱。日文原詩中「まそ鏡」（真澄鏡，まそかがみ）為枕詞，常用於
「見る」、「清し」、「照る」、「面影」等詞，或含有「見」（み，音
mi）之音的地名——譬如「敏馬」（みぬめ，音minume）——之前。

217〔卷六：1067〕

    濱清，
    海灣美麗，
    自眾神的年代以來
    千船競相停泊——
    啊，大和田濱！

☆浜清み浦うるはしみ神代より千船の泊つる大わだの浜
hama kiyomi / ura uruwashimi / kamiyo yori / chifune no hatsuru /
ōwada no hama

譯者說：日文原詩中的「大わだの浜」（大和田浜：おほわだのは
ま），在敏馬浦之西，今神戶市兵庫區和田岬附近之海濱。

218 〔卷九：1800〕

小牆垣內
鋪開麻紗晾乾，
你的愛妻
為你做
身上白衣，
衣帶常繫不曾解，
本為一重結，
如今變三重──
啊，出外服公役
勞苦身瘦，
而今
事畢歸鄉，
一心想著見
父母與愛妻，
你一路來到
雞鳴拂曉的
東國
足柄坂
這險地，
柔軟細織的
薄衣沁著寒意，
烏玉般的

黑髮散亂，
問你來自何鄉
你不答，
問你家住何方
你不應。
歸鄉路上的
壯士啊，此處
竟成你永眠地

☆小垣内の／麻を引き干し／妹なねが／作り着せけむ／白たへ
の／紐をも解かず／一重結ふ／帯を三重結ひ／苦しきに／仕へ
奉りて／今だにも／国に罷りて／父母も／妻をも見むと／思ひ
つつ／行きけむ君は／鶏が鳴く／東の国の／恐きや／神のみ坂
に／和たへの／衣寒らに／ぬばたまの／髪は乱れて／国問へ
ど／国をも告らず／家問へど／家をも言はず／ますらをの／行
きのまにまに／ここに臥やせる

okakitsu no / asa o hikihoshi / imonane ga / tsukurikiseken / shirotae
no / himo o mo tokazu / hitoe yū / obi o mie yui / kurushiki ni /
tsukaematsurite / imada nimo / kuni ni makarite / chichi haha mo /
tsuma o mo min to / omoitsutsu / yukiken kimi wa / tori ga naku /
azuma no kuni no / kashikoki ya / kami no misaka ni / nikitae no /
koromo samura ni / nubatama no / kami wa midarete / kuni toedo /
kuni o mo norazu / ie toedo / ie o mo iwazu / masurao no / yuki no
manimani / koko ni koyaseru

譯者說：此詩有題「過足柄坂，見死人作歌一首」，是為不幸魂斷旅
途的出外者所作的挽歌。足柄坂，在今神奈川縣南足柄市與靜岡縣
小山町南部之間，奈良時代「東海道」上最大的險地。本詩題材讓

244

人想起前面所譯柿本人麻呂歌作「讚岐狭岑島，視石中死人」（本書第78首）。「鶏が鳴く」（中譯「雞鳴拂曉的」）是修飾「東」之枕詞；「ぬばたまの」（中譯「烏玉般的」）是修飾「髮」之枕詞。

大伴像見（Ōtomo no Katami，8世紀）

219〔卷四：697〕
　　切莫讓我的耳朵
　　聽到你說她，
　　我渴望的心亂如
　　割下的雜草，因伊人
　　香軀——更加狂亂

☆我が聞きにかけてな言ひそ刈薦の乱れて思ふ君が直香ぞ
waga kiki ni / kakete na ii so / karikomo no / midarete omou / kimi ga
tadaka zo

譯者說：此詩有題「大伴宿禰像見歌三首」，此為其第一首。日文原
詩中「直香」（ただか）一詞語義未詳。或說指人自身、自體。「刈
薦の」（karikomo no）是修飾「亂」之枕詞。

246

藤原麻呂（Fujiwara no Maro，695-737）

220〔卷四：524〕
　　被褥暖
　　且柔，阿妹
　　不在我身旁，
　　獨寢
　　我肌寒

☆蒸衾柔やが下に臥せれども妹とし寝ねば肌し寒しも
mushibusuma / nagoya ga shita ni / fuseredomo / imo to shi neneba /
hada shi samushi mo

譯者說：此詩有題「京職藤原大夫贈大伴郎女歌三首」，此為其第三
首。藤原大夫即藤原麻呂。此首短歌與大伴坂上郎女下面兩首（第
221、222首）相和之歌，皆出自《萬葉集》卷四「相聞」中。

大伴坂上郎女（Ōtomo no Sakanoue no Iratsume，約700- 約750）

221〔卷四：525〕

你騎黑馬
踏過水中石，
夜渡佐保川而來——
我要你的黑馬，一年中
如此不斷……

☆佐保川の小石踏み渡りぬばたまの黒馬の来る夜は年にもあらぬか

sahogawa no / koishi fumiwatari / nubatama no / kuroma no kuru yo wa / toshi ni mo aranu ka

譯者說：此詩有題「大伴郎女和歌四首」，是大伴坂上郎女回覆給戀人藤原麻呂之作。詩後之注謂「郎女者，佐保大納言卿之女也。初嫁一品穗積皇子，被寵無儔。而皇子薨之後時，藤原麻呂大夫娉之郎女焉。郎女家於坂上里，仍族氏號曰坂上郎女也」。注中的「娉」是求婚之意。此首為四首中第一首。底下（第222首）是第三首。

222 〔卷四：527〕

　　　說來，

　　　卻時而不來。

　　　說不來，

　　　所以我等待你來，

　　　因為你說不來

☆来むと言ふも来ぬ時あるを来じと言ふを来むとは待たじ来じ
と言ふものを

kon to iu mo / konu toki aru o / koji to iu o / kon towa mataji / koji to
iu mono o

譯者說：此首短歌重複使用「来」（こ：ko）、「言ふ」（いふ：iu；說）
等字，讀起來頗有繞口令或饒舌歌之諧趣——日文原詩出現了十六
次的「o」音。

223 〔卷四：529〕
　　不要割
　　佐保川岸崖上的
　　密草，
　　春來時，隱身
　　繁蔭處幽會

☆佐保川の岸のつかさの柴な刈りそねありつつも春し来たらば
立ち隠るがね
sahogawa no / kishi no tsukasa no / shiba na kari sone / aritsutsu mo /
haru shi kitaraba / tachikakuru gane

224〔卷四：563〕

　　白髮雜黑髮，黑白

　　老境裡，驚見彩色

　　愛情來糾纏——

　　讓我渴望若是，

　　此生未曾逢……

☆黑髮に白髮交り老ゆるまでかかる恋にはいまだ逢はなくに

kurokami ni / shirokami majiri / oyuru made / kakaru koi niwa /
imada awanaku ni

譯者說：大伴坂上郎女在此詩中稱自己頭髮漸白，已入老境。依
《萬葉集》此卷詩作排列順序，此詩可能作於天平二年（730年）左
右，當時她才屆三十歲呢。是愛闕如，所以人生變黑白；愛情若
至，人生才是彩色的嗎？

225〔卷四：620〕

若非當初你奢言
長相守，致我
信你賴你
今日我何以
遭此相思之苦？

☆初めより長く言ひつつ頼めずはかかる思ひに逢はましものか
hajime yori / nagaku iitsutsu / tanomezu wa / kakaru omoi ni /
awamashi mono ka

譯者說：此詩有題「大伴坂上郎女怨恨歌一首並短歌」，此首為其短歌。

226〔卷四：652〕

將玉託付給
守玉者──即便
從今而後
與我共寢者惟
一枕頭

☆玉守に玉は授けてかつがつも枕と我れはいざふたり寢む
tamamori ni / tama wa sazukete / katsugatsu mo / makura to ware wa /
iza futari nen

譯者說：此詩是大伴坂上郎女的二女兒「坂上二娘」出嫁時，身為
母親的她所寫將掌上明珠託付女婿之作，喜中忍悲、情真意切。

227〔卷四：683〕

此鄉人言
真可畏！
別將緋紅心思
露出，縱使
渾身激情要你命……

☆言ふことの恐き国ぞ紅の色にな出でそ思ひ死ぬとも
iu koto no / kashikoki kuni zo / kurenai no / iro ni na ide so /
omoishinu tomo

228〔卷四：685〕

只因人言籍籍，
你就隔屋另居，
默默相戀，
如刀入
二鞘

☆人言を繁みや君が二鞘の家を隔てて恋ひつついまさむ
hitogoto o / shigemi ya kimi ga / futasaya no / ie o hedatete / koitsutsu
ima san

229〔卷四：686〕

邇來，
似乎已過了
千年，
我如此想——
因為我渴望見你

☆このころは千年や行きも過ぎぬると我や然思ふ見まく欲りかも

kono koro wa / chitose ya yuki mo / suginuru to / ware ya shika omou /
mimaku hori kamo

230〔卷四：687〕

對你的思念
如激流
洶湧，我想
築壩堵塞堵塞它，
終崩潰不可收……

☆愛しと我が思ふ心早川の塞きに塞くともなほや崩えなむ
utsukushi to / waga mou kokoro / hayakawa no / seki ni seku tomo /
nao ya kuenan

254

231〔卷四：688〕

　　青山橫白雲，
　　你對我笑得
　　多鮮明——
　　啊，不要讓
　　人家知道！

☆青山を横ぎる雲のいちしろく我と笑まして人に知らゆな
aoyama o / yokogiru kumo no / ichishiroku / ware to emashite / hito
ni shirayu na

232〔卷四：689〕

　　沒有山海
　　阻隔我們，
　　為什麼久久久久
　　才投過來
　　一眼或一言？

☆海山も隔たらなくに何しかも目言をだにもここだ乏しき
umiyama mo / hedataranaku ni / nani shikamo / mekoto o dani mo /
kokoda tomoshiki

233〔卷六：981〕

　　　獵高的高圓山，
　　　山高如此高──
　　　莫非需攀爬至如此
　　　高度，月亮
　　　每晚君臨遲遲

☆狩高の高円山を高みかも出で来る月の遅く照るらむ
karitaka no / takamatoyama o / takami kamo / idekuru tsuki no /
osoku teruran

234〔卷六：992〕

　　故鄉的飛鳥

　　固然好，

　　奈良明日香

　　新飛鳥——

　　看了亦覺好！

☆故郷の飛鳥はあれどあをによし奈良の明日香を見らくしよしも
furusato no / asuka wa aredo / aoniyoshi / nara no asuka o / miraku
shi yoshi mo

譯者說：此詩有題「大伴坂上郎女詠元興寺之里歌一首」。日本於西
元694年由飛鳥京遷都藤原京，710年又由藤原京遷都平城京（奈
良），此詩所詠為新建於奈良之元興寺。元興寺為596年原建於飛鳥
京（今奈良縣高市郡明日香村一帶）的飛鳥寺（又名法興寺）之別
院，因此又名「飛鳥寺」。「飛鳥」之名讓奈良居民憶起故都飛鳥京。
日文「飛鳥」與「明日香」讀音（あすか：asuka）相同。「あをに
よし」（「青丹よし」），是用以修飾「奈良」之枕詞；「奈良阪」附
近產製作綠色顏料、染料用的「青丹」（青黑色土），而「丹」本身
是紅色、紅土、紅顏料之意——「青」、「丹」兩色並列，似暗示新
都奈良的多彩絢爛。

235 〔卷六：993〕

新月升起，

初三月如眉：

發癢的眉根搔了又搔，

戀慕已久的人啊，

我終與你相會了

☆月立ちてただ三日月の眉根掻き日長く恋ひし君に逢へるかも

tsuki tachite / tada mikazuki no / mayone kaki / kenagaku koishi /
kimi ni aeru kamo

譯者說：此詩有題「大伴坂上郎女初月歌一首」。日本古代相信，眉
根癢乃是情人將來臨的前兆。

236〔卷七：1394〕

　　就像被漲潮
　　淹沒的岩岸上的
　　海藻——
　　相見不易，
　　更多愛意！

☆潮満てば入ぬる磯の草なれや見らく少く恋ふらくの多き

shio miteba / irinuru iso no / kusa nare ya / miraku sukunaku /

kouraku no ōki

譯者說：此詩收於《萬葉集》卷七「寄藻四首」中，列為作者不詳，
後又被選入十一世紀初第三本敕撰和歌集《拾遺和歌集》中，標示
為大伴坂上郎女之作。

237〔卷八：1484〕

　　　噢，杜鵑鳥啊
　　　不要唱不停！
　　　我獨寐，難寢，
　　　聞你聲
　　　從耳苦到心……

☆霍公鳥いたくな鳴きそひとり居て寐の寢らえぬに聞けば苦しも

hototogisu / itaku na naki so / hitori ite / i no neraenu ni / kikeba
kurushimo

238〔卷八：1656〕

　　　讓我們志同道合
　　　將梅花浮於
　　　酒杯中——
　　　暢飲後，花飄
　　　花散何足惜！

☆酒杯に梅の花浮かべ思ふどち飲みての後は散りぬともよし

sakazuki ni / ume no hana ukabe / omoudochi / nomite no nochi wa /
chirinu tomo yoshi

譯者說：大伴坂上郎女此詩與本書前面所譯第196首大伴旅人歌作，
似有呼應之趣。

狹野茅上娘子（Sano no Chigami no Otome，8世紀）

239〔卷十五：3724〕

> 但得
> 天火降，
> 將君將行的
> 漫漫長路捲起來
> 疊起來，一燒而盡！

☆君が行く道の長手を繰り畳ね焼き滅ぼさむ天の火もがも

kimi ga yuku / michi no nagate o / kuritatane / yakihorobosan / ame
no hi mogamo

譯者說：此詩有題「中臣朝臣宅守與狹野弟上娘子贈答歌」；《萬葉集》卷十五卷頭目錄另記有「中臣朝臣宅守娶藏部女孀狹野弟上娘子之時，敕斷流罪，配越前國也。於是夫婦相嘆易別難會，各陳慟情，贈答歌六十三首」。此詩激昂悲切，且富奇想，希望天降大火，焚毀其夫旅路，阻其離去。為娘子臨別悲嘆所作四首歌之二，也是《萬葉集》卷十五所錄夫婦兩人六十三首贈答歌中的第二首。六十三首歌作中，女方寫了二十三首，男方四十首。中臣宅守是朝中的下級官吏，狹野茅上娘子是「女孀」——在後宮奉侍、協助祭祀的下級女官。可能因為狹野茅上娘子的身分，中臣宅守娶她為妻（時間大約在740年之時或之前），觸犯了禁忌，被判不敬之罪發配至偏遠、荒涼的越前國（今福井縣越前市一帶）。日文「長手」（ながて），意為長距離、長途、遠路。

中臣宅守（Nakatomi no Yakamori，8世紀）

240〔卷十五：3727〕
　　我為心愛的阿妹
　　難過——她
　　思念、掛心
　　連路上塵泥
　　都不如的我

☆塵泥の数にもあらぬわれ故に思ひわぶらむ妹が悲しさ
chirihiji no / kazu nimo aranu / ware yue ni / omoiwaburan / imo ga
kanashisa

譯者說：此首為宅守上路後所作的四首歌之一，也是夫妻兩人所作
六十三首贈答歌中的第五首。

241〔卷十五：3733〕

　　若非阿妹臨別
　　贈衣，讓我
　　見衣如見人——
　　羈旅中有何物
　　足以保我命？

☆我妹子が形見の衣なかりせば何物もてか命継がまし

wagimoko ga / katami no koromo / nakariseba / nani mono mote ka /
inochi tsugamashi

譯者說：此首為宅守到了流放地之後所作的十四首歌之三，也是兩
人所作六十三首贈答歌中的第十一首。

狭野茅上娘子（Sano no Chigami no Otome）

242〔卷十五：3745〕
　　　留得此命在，
　　　相逢
　　　定有時——切莫
　　　憂我思我而
　　　傷汝命……

☆命あらば逢ふこともあらむ我がゆゑにはだな思ひそ命だに経
ば
inochi araba / au koto mo aran / waga yue ni / hada na omoi so /
inochi dani heba

譯者說：此首為娘子留京悲傷所作九首歌之一，也是兩人所作
六十三首贈答歌中的第二十三首。

264

243 〔卷十五：3748〕

　　　人言異國居
　　　大不利——速速
　　　早歸吧，在我
　　　尚未因思戀你
　　　而死前

☆他国は住み悪しとぞ言ふ速けく早帰りませ恋ひ死なぬとに

hitokuni wa / sumiashi to zo iu / sumuyakeku / haya kaerimase /
koishinanu to ni

譯者說：此首為娘子留京悲傷所作九首歌之四，也是兩人所作
六十三首贈答歌中的第二十六首。

244 〔卷十五：3750〕

　　天地四方內
　　最愛你
　　獨我
　　一
　　人

☆天地の底ひの裏に我がごとく君に恋ふらむ人はさねあらじ
ametsuchi no / sokohi no ura ni / aga gotoku / kimi ni kouran / hito
wa sane araji

譯者說：此首為娘子留京悲傷所作九首歌之六，也是兩人所作
六十三首贈答歌中的第二十八首。

245 〔卷十五：3751〕
　　我的白色內衣
　　願君
　　妥善持，直到
　　肌膚再親
　　莫丟失

☆白たへの我が下衣失はず持てれわが背子直に逢ふまでに
shirotae no / aga shitagoromo / ushinawazu / motere waga seko /
tadani au madeni

譯者說：此首為娘子留京悲傷所作九首歌之七，也是兩人所作
六十三首贈答歌中的第二十九首。

中臣宅守（Nakatomi no Yakamori）

246〔卷十五：3758〕

　　那些氣盛如竹的
　　朝臣們，
　　時至今日
　　仍以嘲人弄人
　　為樂嗎？

☆さす竹の大宮人は今もかも人なぶりのみ好みたるらむ

sasudake no / ōmiyahito wa / ima mo kamo / hitonaburi nomi /
konomitaruran

譯者說：此首宅守所作之歌是夫妻兩人所作六十三首贈答歌中的第
三十六首。日文詩中的「さす竹の」（刺竹の：sasudake no）是和歌
中的枕詞，通常置於「君」、「皇子」、「大宮人」（朝臣、公卿）等
字詞前，表示祝其氣勢旺盛如竹。

狹野茅上娘子〔Sano no Chigami no Otome〕

247〔卷十五：3767〕
　　你的魂
　　朝夕注入
　　我胸——我胸
　　仍痛，因我
　　劇烈的愛……

☆魂は朝夕に賜ふれど我が胸痛し恋の繁きに
tamashii wa / ashitayūbe ni / tamouredo / aga mune itashi / koi no
shigeki ni

譯者說：此首娘子所作之歌是兩人所作六十三首贈答歌中的第
四十五首。

248〔卷十五：3772〕

「流放獲赦的人
回來了……」
聽聞此訊我幾將死，
歡喜——空歡喜
一場

☆帰り来る人来たれりと言ひしかばほとほと死にき君かと思ひて
kaerikeru / hito kitareri to / iishikaba / hotohoto shiniki / kimi ka to
omoite

譯者說：此首娘子所作之歌是兩人所作六十三首贈答歌中的第五十
首。740年，為祈聖武天皇龍體康復，大赦所有流放者。但中臣宅守
似乎在翌年（741年）9月方獲許歸京。

249 〔卷十五：3774〕

　　為了有朝一日
　　阿哥歸來，
　　我苟活
　　殘存——
　　君莫忘啊！

☆わが背子が帰り来まさむ時のため命残さむ忘れたまふな

waga seko ga / kaerikimasan / toki no tame / inochi nokosan / wasure

tamouna

譯者説：此首娘子所作之歌是兩人所六十三首贈答歌中的第五十二

首。

中臣宅守（Nakatomi no Yakamori）

250〔卷十五：3776〕
　　　假令今日
　　　我在京城
　　　我將佇立宮西
　　　馬廐外，渴切等著
　　　與你幽會

☆今日もかも都なりせば見まく欲り西の御廐の外に立てらまし
kyō mo kamo / miyako nariseba / mimaku hori / nishi no mimaya no /
to ni tateramashi

譯者說：此首宅守回贈妻子之歌是兩人所作六十三首贈答歌中的第
五十四首。

272

平群氏女郎（Heguri-uji no Iratsume，8世紀）

251〔卷十七：3931〕
　　　我因君之故
　　　聲名突出
　　　如龍田山——此戀
　　　本當就此絕
　　　此頃不斷反更茂

☆君により我が名はすでに竜田山絶えたる恋の繁きころかも
kimi ni yori / waga na wa sudeni / tatsutayama / taetaru koi no /
shigeki koro kamo

譯者說：此詩有題「平群氏女郎贈越中守大伴宿禰家持歌十二首」，
是平群氏女郎寫給大伴家持的一組情詩，寫作時間在746年左右，
大伴家持任「越中國守」之際。此處第251至254這四首譯詩皆屬之。
她應該是大伴家持的小老婆或情人。此首為其中第一首。

273

252〔卷十七：3935〕

死水沼澤下
怎藏得住我的戀情？
它在我心窩如白波
湧動，鮮明露跡——
世人將知也

☆隠り沼の下ゆ恋ひあまり白波のいちしろく出でぬ人の知るべく

komorinu no / shita yu koiamari / shiranami no / ichishiroku idenu / hito no shirubeku

譯者說：詩開頭的「隠り沼の」是修飾「下」之枕詞。日語「下」（した），有「下方」及「內心」之意，在此是雙關語。

253〔卷十七：3940〕

看著昔日你
緊攬著，心連心說
萬代不離的
我這雙手——你怎忍
讓我難忍對你的思念！

☆万代に心は解けて我が背子が捻みし手見つつ忍びかねつも

yorozuyo ni / kokoro wa tokete / waga seko ga / tsumishi te mitsutsu / shinobikanetsu mo

254 〔卷十七：3942〕

松花不艷，
雖在眾花之列，
不獲你垂眷——我
徒然如舊
綻放，等待……

☆松の花花数にしも我が背子が思へらなくにもとな咲きつつ
matsu no hana / wanakazu ni shi mo / waga seko ga / omoeranaku ni /
motona sakitsutsu

譯者說：此為平群氏女郎寫給大伴家持十二首戀歌中的最後一首。
日語「松」與「待つ」（意即等待）同音。

笠女郎（Kasa no Iratsume，8世紀）

255〔卷三：395〕
　　用託馬野的
　　紫草
　　染吾衣——
　　衣未穿，喜形於色
　　人皆知我情

☆託馬野に生ふる紫草衣に染め未だ着ずして色に出でにけり
tsukumano ni / ouru murasaki / kinu ni shime / imada kizushite / iro
ni idenikeri

譯者說：此詩收於《萬葉集》卷三「譬喻歌」，有題「笠女郎贈大伴
宿禰家持歌三首」，此處所譯第255、256首為前兩首。

256 〔卷三：396〕

陸奧真野
草原雖遠，他們說
一想，幻影浮
眼前——而近在
眼前的你啊……

☆陸奧の真野の草原遠けども面影にして見ゆといふものを
michinoku no / mano no kayahara / tōkedomo / omokage nishite /
miyu to iu mono o

譯者說：陸奧真野，今福島縣南相馬市鹿島區（真野川南岸有大規
模古墳群）。笠女郎此詩怨所戀的人不與她相見——遠在陸奧真野
的草原，猶可有幻影浮現，而近在眼前的他卻遲遲不露面！

257〔卷八：1451〕

　　春山顏色

　　隱約朦朧一如

　　鴨羽的顏色——

　　恰似你的態度

　　讓我分不清

☆水鳥の鴨の羽色の春山のおぼつかなくも思ほゆるかも

mizutori no / kamo no hairo no / haruyama no / obotsukanaku mo /
omōyuru kamo

譯者說：此詩與下一首詩皆收於《萬葉集》卷八「相聞」中。詩開
頭的「水鳥の」是修飾「鴨」之枕詞。

258〔卷八：1616〕

　　　每日早晨我在
　　　我家庭院看到的
　　　瞿麥花——
　　　如果是你——
　　　就好了！

☆朝ごとに我が見るやどのなでしこの花にも君はありこせぬかも
asa gotoni / waga miru yado no / no / hana nimo kimi wa / arikosenu kamo

譯者說：「なでしこ」（nadeshiko）即「撫子」，是日本「秋之七草」
之一，中文稱瞿麥，或石竹。

259〔卷四：587〕

看著我送你的
紀念物，惦記著
我吧——我的
思念，歷久彌新
纏繞其上

☆わが形見見つつ偲はせあらたまの年の緒長くわれも思はむ

waga katami / mitsutsu shinowase / aratama no / toshi no o nagaku /
ware mo omowan

譯者說：此處第259至270首短歌，皆收於《萬葉集》卷四「相聞」
中，有題「笠女郎贈大伴宿禰家持歌二十四首」。笠女郎是與大伴家
持有過戀愛關係的十四個名字已知的女性之一。

260〔卷四：594〕

如同庭中
夕暮草地上的
白露，被思念
所耗的我
也將化為烏有……

☆我が屋戸の夕陰草の白露の消ぬがにもとな思ほゆるかも

waga yado no / yūkagekusa no / shiratsuyu no / kenugani motona /
omōyuru kamo

261 〔卷四：596〕

　　八百日才能走盡的

　　海岸上全部的沙

　　合起來——都

　　抵不過我的愛：

　　島守啊，明白嗎？

☆八百日行く浜の真砂も我が恋にあにまさらじか沖つ島守

yaoka yuku / hama no manago mo / waga koi ni / ani masaraji ka /

okitsushimamori

262 〔卷四：598〕

　　相思刻骨，能

　　毀形奪人魂——

　　我的心如漸乾涸的

　　小溪，逐月

　　逐日消廢……

☆恋にもぞ人は死にする水無瀬川下ゆ我痩す月に日に異に

koi nimo zo / hito wa shi ni suru / minasegawa / shita yu ware yasu /

tsuki ni hi ni ke ni

譯者說：「水無瀬川」是修飾「下」（意指「下方」或「內心」）之
枕詞。

263〔卷四：599〕

　　　為朝霧般
　　　朦朧一見的
　　　那人，我死命
　　　戀他、愛他
　　　一生……

☆朝霧の鬱に相見し人ゆゑに命死ぬべく恋ひ渡るかも
asagiri no / ōni aimishi / hito yue ni / inochi shinubeku / koiwataru
kamo

譯者說：開頭的「朝霧の」是修飾「鬱に」（おほに，意為朦朧不明）
之枕詞。

264〔卷四：600〕

　　　伊勢的海浪
　　　如雷聲
　　　轟擊海岸——
　　　正如讓我敬畏、讓我
　　　思念不斷的那人！

☆伊勢の海の磯もとどろに寄する波かしこき人に恋ひ渡るかも
ise no umi no / iso mo todoroni / yosuru nami / kashikoki hito ni /
koiwataru kamo

265 〔卷四：601〕

　　千想萬想
　　未料及——
　　無山阻，無
　　川隔，與你之戀
　　如此苦！

☆心ゆも我は思はずき山川も隔たらなくにかく恋ひむとは
kokoro yu mo / wa wa omowazuki / yamakawa mo / hedataranaku ni /
kaku koin towa

266 〔卷四：603〕

　　若說相思
　　奪人命——
　　我死死
　　生生，何止
　　千回……

☆思ひにし死にするものにあらませば千度ぞ我れは死にかへら
まし
omoi ni shi / shini suru mono ni / aramaseba / chitabi zo ware wa /
shinikaeramashi

譯者說：此詩可與本書第102首譯詩（《柿本人麻呂歌集》中之無名
氏歌作）做比較。

267 〔卷四：604〕

　　我夢見
　　一把劍抵著
　　我的身體——是何
　　預兆？是要與你
　　相逢了嗎？

☆劍太刀身に取り添ふと夢に見つ何のさがそも君に逢はむため
tsurugitachi / mi ni torisou to / ime ni mitsu / nani no sagaso mo /
kimi ni awan tame

268 〔卷四：607〕

　　夜闌鐘敲
　　催人定：
　　眾人皆寢，
　　唯我——為你
　　相思獨醒

☆皆人を寝よとの鐘は打つなれど君をし思へば眠ねかてぬかも
minahito o / neyo to no kane wa / utsunaredo / kimi o shi omoeba /
inekatenu kamo

284

269〔卷四：608〕

　　人不想我

　　我想他——

　　無濟一如對著

　　大寺餓鬼的背

　　勤磕頭

☆相思はぬ人を思ふは大寺の餓鬼の後に額づく如し

aiomowanu / hito o omou wa / ōtera no / gaki no shirie ni / nukazuku

gotoshi

譯者說：向餓鬼磕頭祈求保佑，如言「請鬼拿藥單」，徒勞無功之意。

270 〔卷四：610〕

　　你若居近處，
　　不見仍
　　心安——如今你去遠，
　　寸寸相思接成鞭
　　長仍莫及！

☆近くあれば見ねどもあるをいや遠く君がいまさば有りかつま
しじ

chikaku areba / minedomo aru o / iya tōku / kimi ga imasaba /
arikatsumashiji

譯者說：笠女郎寫了上面這組戀歌（共二十四首，此處選譯了十二
首）給大伴家持。不知是充耳未聞還是有口難言，大伴家持聽聞這
些情詩後，只以兩首短歌相應。底下（第271首）即是其中之一。

大伴家持（Ōtomo no Yakamochi，約718-785）

271〔卷四：612〕

應當沉默

無言語，因何

相見生戀心，

明知無以

遂此情……

☆なかなかに黙もあらましを何すとか相見そめけむ遂げざらまくに

nakanaka ni / moda mo aramashi o / nani su to ka / aimisomeken / togezaramaku ni

譯者說：此詩為題為「大伴宿禰家持和歌二首」中的第二首，是大伴家持回贈笠女郎之作。笠女郎激情澎湃地寫了二十四首戀歌給大伴家持，只以兩首回報的大伴家持似乎冷淡了些，不愧是閱人無數的「情聖」（大伴家持與其他女性的情詩來往，另見前面第145、148首）。

272〔卷六：994〕

　　仰頭望見一芽
　　新月，勾引我
　　思念那曾匆匆
　　一瞥的
　　伊人之眉……

☆振仰けて若月見れば一目見し人の眉引思ほゆるかも
furisakete / mikazuki mireba / hitome mishi / hito no mayobiki /
omōyuru kamo

譯者說：此詩有題「大伴宿禰家持初月歌一首」，作於733年，是大
伴家持十六七歲時最早詩作之一。

288

273 〔卷四：728〕

　　此世可有
　　無人跡之國？
　　偕我妹子前往
　　同住
　　共渡此生！

☆人もなき国もあらぬか我妹子と携ひ行きてたぐひて居らむ
hito mo naki / kuni mo aranu ka / wagimoko to / tazusaiyukite /
taguite oran

譯者說：此詩有題「大伴宿禰家持贈坂上家大娘歌二首」，是大伴家
持寫給（大伴坂上郎女的長女）大伴坂上大娘之作。此為其中第二
首。

274 〔卷三：468〕

我若知她
離世的
路徑，當
預置關隘
將阿妹留住

☆出でて行く道知らませばあらかじめ妹を留めむ関も置かまし
を

idete yuku / michi shiramaseba / arakajime / imo o todomen / seki mo
okamashi o

譯者說：《萬葉集》卷三「挽歌」中，有一組大伴家持所作的悲悼亡
妾（妻）之歌，共十二首。此處所譯三首短歌（第274至276首）即
出於此。

275〔卷三：469〕

　　阿妹以前
　　愛看的庭院
　　花又開了——
　　時光流轉
　　而我淚猶未乾

☆妹が見しやどに花咲き時は経ぬ我が泣く涙いまだ干なくに
imo ga mishi / yado ni hana saki / toki wa henu / waga naku namida /
imada hinaku ni

276〔卷三：474〕

　　以前看它
　　我內心無感，
　　如今是阿妹墓
　　所在——多讓人
　　珍惜啊，佐保山！

☆昔こそ外にも見しか我妹子が奥つ城と思へば愛しき佐保山
mukashi koso / yoso nimo mishika / wagimoko ga / okutsuki to
omoeba / hashiki sahoyama

277 〔卷四：741〕

　　夢裡相逢，

　　苦矣……

　　乍然驚醒，

　　四下抓探——

　　啊，兩手空空！

☆夢の逢ひは苦しかりけりおどろきて搔き探れども手にも触れ
ねば

ime no ai wa / kurushikarikeri / odorokite / kakisaguredomo / te nimo
fureneba

譯者說：此詩與底下兩首是《萬葉集》卷四裡，題為「更大伴宿禰
家持贈坂上大娘歌十五首」中的最前面三首短歌。坂上大娘是大伴
家持姑姑大伴坂上郎女的長女，也是大伴家持的妻子。

278〔卷四：742〕

　　你以一重腰帶
　　緊繫我身，
　　為愛消瘦——
　　如今腰帶漸寬，
　　一重成三重！

☆一重のみ妹が結ばむ帯をすら三重結ぶべく我が身はなりぬ
hitoe nomi / imo ga musuban / obi o sura / mie musububeku / waga
mi wa narinu

279〔卷四：743〕

　　我對你的愛，如
　　千人方推得動的
　　石頭——七倍重，
　　懸吊於我頸上：
　　這是神的旨意

☆我が恋は千引の石を七ばかり首に懸けむも神のまにまに
waga koi wa / chibiki no ishi o / nana bakari / kubi ni kaken mo /
kami no manimani

280 〔卷八：1572〕

　　　我家庭院
　　　芒穗上白露
　　　閃閃──真想
　　　完好無傷地將它們
　　　貫穿成珠串！

☆我がやどの尾花が上の白露を消たずて玉に貫くものにもが
waga yado no / obana ga ue no / shiratsuyu o / ketazute tama ni / nuku mono ni moga

譯者說：此詩有題「大伴家持白露歌一首」。

281 〔卷八：1597〕

　　　秋野
　　　秋萩開，
　　　隨秋風搖擺，
　　　晶瑩
　　　秋露載……

☆秋の野に咲ける秋萩秋風になびける上に秋の露置けり
aki no no ni / sakeru aki hagi / aki kaze ni / nabikeru ue ni / aki no tsuyu okeri

譯者說：此詩是題為「大伴宿禰家持秋歌三首」中的第一首，三十二音節的詩中，刻意用了四次「秋」（あき：aki）。

282〔卷八：1602〕
　　雄鹿思妻的鳴聲
　　激切響亮——
　　山谷中回聲響起，
　　彷彿替母鹿回應它
　　而我孤獨一人

☆山彦の相響むまで妻恋ひに鹿鳴く山辺に独りのみして
yamabiko no / aitoyomu made / tsumagoi ni / ka naku yamabe ni /
hitori nomi shite

譯者說：此詩是題為「大伴宿禰家持鹿鳴歌二首」中的第一首。日
語「山彦」（やまびこ），指山神，亦為山間回聲之意。

283〔卷八：1663〕
　　薄雪霏霏
　　落庭園，
　　寒夜獨眠——
　　無阿妹手枕
　　可枕共纏綿

☆沫雪の庭に降りしき寒き夜を手枕まかず一人かも寝む
awayuki no / niwa ni furishiki / samuki yo o / tamakura makazu /
hitori kamo nen

284〔卷十八：4102〕

我把這些珍珠
包起來送給你，
願你用菖蒲草
和橘花，將它們
串連在胸前……

☆白玉を包みて遣らばあやめぐさ花橘にあへも貫くがね
shiratama o / tsutsumite yaraba / ayamegusa / hanatachibana ni / ae
mo nuku gane

譯者說：此詩有題「為贈京家，願得真珠歌一首並短歌」，本首為其
短歌，是離開京城，出門在外的大伴家持，思念家中愛妻之歌。

285 〔卷十九：4139〕

　　春苑滿園紅，
　　灼灼桃花
　　映小徑──
　　少女娉婷
　　花下立

☆春の園紅にほふ桃の花下照る道に出で立つ娘子

haru no sono / kurenai niou / momo no hana / shitaderu michi ni /
idetatsu otome

譯者說：此詩為《萬葉集》卷十九第一首詩，有題「天平勝寶二年
三月一日之暮，眺矚春苑桃李花作歌二首」，此為其一。天平勝寶
二年即西元750年。此詩甚美，是大伴家持任「越中國守」時期（746
年7月至751年8月）的秀作之一。

286〔卷十九：4153〕

　　今日，據說
　　唐土之人浮筏
　　遊樂，朋友們
　　我們也戴
　　花冠同歡吧

☆漢人も筏浮かべて遊ぶといふ今日ぞ我が背子花かづらせな
karahito mo / ikada ukabete / asobu toiu / kyō zo waga seko /
hanakazura sena

譯者說：此詩有題「三日，守大伴宿禰家持之館宴歌三首」，作於天
平勝寶二年（750年）三月三日，此首短歌為其一。每年三月三日，
中國人有至溪中淨身、遊樂，曲水流觴歡飲之俗。古代日本人襲
之，後衍化成三月三日偶人節。日文原詩中「花かづら」（花鬘、花
縵），即花冠、花環。

298

287〔卷十九：4291〕

　　風動我家

　　細竹叢──

　　細微細微地，在

　　此刻黃昏

　　幽幽迴響……

☆我が屋戸のいささ群竹ふく風の音のかそけきこの夕へかも
waga yado no / isasa muratake / fuku kaze no / oto no kasokeki / kono
yūbe kamo

譯者說：《萬葉集》最後四卷（卷17至卷20）可說是大伴家持的「詩
歌日記」，依年、月順序收錄了他與他友人們的詩作。卷19錄有其
750至753年間歌作，包括一些他個人最佳短歌，此處所譯第285至
287首即是。第287首短歌有題「廿三日，依興作歌二首」，為其中
第二首，作於天平勝寶五年（753年）2月23日，頗有陶淵明「歸田
園居」似的自得與悠然。

288 〔卷二十：4516〕

新年伊始，
願吉事如今日
初春降雪
一重重
厚增……

☆新しき年の初めの初春の今日降る雪のいやしけ吉事
aratashiki / toshi no hajime no / hatsuharu no / kyō furu yuki no /
iyashike yogoto

譯者說：此詩有題「三年春正月一日，於因幡國廳賜饗國郡司等之
宴歌一首」，寫於天平寶字三年（759年）新春，是整部《萬葉集》
最後一卷最後一首詩，也是寫作時間最晚的一首。大伴家持於758
年6月出任因幡國守（因幡國位於今本州山陰地區鳥取縣東部），次
年正月初一，在因幡國廳設宴會，與屬下同歡，成此《萬葉集》壓
卷之作。

尼（Amai）& 大伴家持（Ōtomo no Yakamochi）

289〔卷八：1635〕

引佐保川

之水啊，來

種田——

新米做成飯，

當先由你獨餐

☆佐保川の水をせき上げて植ゑし田を（尼作）／刈る早稲飯は
独りなるべし（家持続）

sahogawa no / mizu o sekiagete / ueshi ta o / karu wasaii wa / hitori
narubeshi

譯者說：此詩有題「尼作頭句，大伴宿禰家持受尼之托，續末句和
歌一首」，是《萬葉集》全書中唯一的一首「短連歌」（tan-
renga）——由女尼寫的前面的「長句」（此處為5-8-5、十八音節）
和大伴家持續寫的後面的「短句」（7-7、十四音節）組成。

無名氏歌作

（多屬年代不明）

佚名〔卷七〕

290〔卷七：1089〕
　　大海，不見
　　一絲島影，
　　海上波浪湧，
　　捲起
　　朵朵白雲……

☆大海に島もあらなくに海原のたゆたふ波に立てる白雲
ōumi ni / shima mo aranakuni / unahara no / tayutau nami ni / tateru
shirakumo

譯者說：此首作者未詳的短歌選自《萬葉集》卷七，注有「伊勢從
駕作」，可能是692年或702年持統天皇行幸伊勢時，隨從者所作。

291〔卷七：1091〕
　　雨啊
　　莫把我淋透，
　　我衣服底下
　　穿的是阿妹送我
　　當信物的內衣

☆通るべく雨はな降りそ我妹子が形見の衣我下に着り
tōrubeku / ame wa na furi so / wagimoko ga / katami no koromo /
ware shita ni keri

譯者說：此詩有題「詠雨」。

292〔卷七：1129〕
　　取琴
　　先悲嘆——
　　莫非琴胴裡
　　藏著
　　我的愛妻？

☆琴取れば嘆き先立つけだしくも琴の下樋に妻や隠れる

koto toreba / nageki sakidatsu / kedashiku mo / koto no shitabi ni /

tsuma ya komoreru

譯者說：此詩有題「詠倭琴」。倭琴，即和琴（わごん），一種日本傳統的六弦琴。日文原詩中「琴の下樋」，即琴胴、琴身。取琴欲奏，睹物思人，琴音未響先聞己嘆息——所思者是暫別／久別之妻，或者亡妻？

293 〔卷七：1295〕

春日
三笠山上
月舟出——
我等風雅士
酒杯醺見
舟影浮……

☆春日なる三笠の山に月の船出づみやびをの飲む酒杯に影に見
えつつ

kasuga naru / mikasa no yama ni / tsuki no fune izu / miyabio no /
nomu sakazuki ni / kage ni mietsutsu

譯者說：此詩為5-7-7-5-7-7，共三十八音節的「旋頭歌」。

294〔卷七：1411〕

何幸之人哉，
直到黑髮
變灰白
尚能日聞
妹柔聲！

☆幸ひのいかなる人か黒髪の白くなるまで妹が声を聞く

sakiwai no / ikanaru hito ka / kurokami no / shiroku narumade / imo

ga koe o kiku

譯者說：此詩有題「挽歌」——如此，則為思念、悼念亡妻之歌。
夫髮猶黑時，結縭之妻年輕早逝，但他反而覺得自己是幸福人——
他自己身體髮膚一日日老去，但耳朵裡亡妻嬌柔的聲音永在，以此
妙方，嬌妻青春永駐。

295〔卷十：1840〕
　　　鳴囀穿移
　　　梅枝間，
　　　黃鶯
　　　羽白妙對
　　　雪花飄……

☆梅が枝に鳴きて移ろふ鶯の羽白妙に沫雪ぞ降る
ume ga e ni / nakite utsurou / uguisu no / hane shirotae ni / awayuki
zo furu

譯者說：此詩有題「詠雪」。

佚名〔卷十〕

296〔卷十：1873〕
　　漫漫此夜
　　何時明？——
　　黃鶯逐枝鬧，
　　我想見
　　梅花落多少……

☆いつしかもこの夜の明けむうぐひすの木伝ひ散らす梅の花見む
itsu shi ka mo / kono yo no aken / uguisu no / kozutai chirasu / ume
no hana min

譯者說：此詩有題「詠花」。

297〔卷十：1879〕

遠眺春日野，

嬝嬝

炊煙起──是

少女們在煮春野上

摘採的嫁菜嗎？

☆春日野に煙立つ見ゆ娘子らし春野のうはぎ摘みて煮らし

kasugano ni / keburi tatsu miyu / otomera shi / haruno no uhagi /
tsumite nirashi mo

譯者說：此詩有題「詠煙」。原詩中的「うはぎ」(「薺蒿」)，即日
文「嫁菜」(よめな)，菊科多年生草本植物，嫩芽可食。中文稱「雞
兒腸」、「馬蘭頭」。

298〔卷十：1884〕

冬去
春來，
年月更新，
唯人
漸老……

☆冬過ぎて春し来たれば年月は新たなれども人は古り行く
fuyu sugite / haru shi kitareba / toshitsuki wa / aratanaredomo / hito
wa furiyuku

譯者說：此詩是題為「嘆舊」的兩首短歌之一。

299〔卷十：1885〕

物皆
貴
在新，唯人
老
更好

☆物皆は新しき良しただしくも人は古りにし宜しかるべし
mono mina wa / aratashiki yoshi / tadashiku mo / hito wa furinishi /
yoroshikarubeshi

譯者說：此詩是題為「嘆舊」的兩首短歌之二，與前詩成一對比。

300 〔卷十：1917〕

怕春雨濕透
你的衣服——
所以，下七天雨
你就七天
不來了？

☆春雨に衣はいたく通らめや七日し降らば七日来じとや

harusame ni / koromo wa itaku / tōrame ya / nanuka shi furaba /
nanuka koji to ya

譯者說：此詩有題「寄雨」。

301 〔卷十：1922〕

梅花燦開又
落盡了……
阿妹啊，你來
不來——我變成
一棵松，等著

☆梅の花咲きて散りなば我妹子を来むか来じかと我が松の木ぞ

ume no hana / sakite chirinaba / wagimoko o / kon ka koji ka to /
waga matsu no ki zo

譯者說：此詩有題「寄松」。日語「松」（まつ）與「待つ」（等待）
同音、雙關。

312

302〔卷十：1983〕

讓閒言閒語如
夏日野草
繁生吧——我
和我的阿妹相摟
相抱同寢相好

☆人言は夏野の草の繁くとも妹と我れとし携はり寝ば

hitogoto wa / natsuno no kusa no / shigeku tomo / imo to ware to shi / tazusawarineba

譯者說：此詩有題「寄草」。

303〔卷十：1985〕

夏野葛藤
繁茂地滋長——
我如果繼續像這樣
熱戀下去，
很快怕會沒命……

☆ま葛延ふ夏野の繁くかく恋ひばまこと我が命常ならめやも

makuzu hau / natsuno no shigeku / kaku koiba / makoto waga inochi / tsune narame ya mo

譯者說：此詩有題「寄草」。

304〔卷十：1990〕
　　　你可能
　　　不喜歡我——
　　　竟也無意前來一賞
　　　我家前面的
　　　橘花嗎？

☆我れこそば憎くもあらめ我がやどの花橘を見には来じとや
ware kosoba / nikuku mo arame / waga yado no / hanatachibana o /
mi ni wa koji to ya

譯者說：此詩有題「寄花」。

305〔卷十：2041〕
　　　秋風吹，
　　　白雲飄飄——
　　　啊，莫非是
　　　織女
　　　垂天的領巾？

☆秋風の吹き漂はす白雲は織女の天つ領巾かも
akikaze no / fukitadayowasu / shirakumo wa / tanabatatsume no /
amatsuhire kamo

譯者說：此詩有題「七夕」。領巾，古代女子披在頸上垂下的細長薄
布，近似披肩。

306〔卷十：2160〕

　　庭草
　　陣雨降，
　　蟋蟀
　　鳴聲聞──啊，
　　秋意漸濃

☆庭草に村雨降りてこほろぎの鳴く声聞けば秋づきにけり

niwakusa ni / murasame furite / kōrogi no / naku koe kikeba / akizukinikeri

譯者說：此詩有題「詠蟋」。日文「村雨」（むらさめ），即陣雨、驟雨。

307〔卷十：2173〕

　　　晶瑩的白露，
　　　伸手一碰
　　　即消失──我們
　　　齊賞萩花吧，讓
　　　花與花上露競妍

☆白露を取らば消ぬべしいざ子ども露に競ひて萩の遊びせむ

shiratsuyu o / toraba kenubeshi / iza kodomo / tsuyu ni kioite / hagi
no asobi sen

譯者說：此詩有題「詠露」。萩，即胡枝子，日本秋季的代表花，開
蝶形的紫紅色或白色小花。

308〔卷十：2177〕

　　　春日萌芽
　　　夏翠綠，
　　　如今淡紅艷紅
　　　斑爛
　　　見秋山！

☆春は萌え夏は緑に紅のまだらに見ゆる秋の山かも

haru wa moe / natsu wa midori ni / kurenai no / madarani miyuru / aki
no yama kamo

譯者說：此詩有題「詠山」。

309〔卷十：2192〕

阿哥身上
白衣，此去
勢必一路被秋色
所染——啊
紅葉滿山呢

☆我が背子が白栲衣行き触ればにほひぬべくももみつ山かも
waga seko ga / shirotaekoromo / yukifureba / nioinubeku mo /
momitsu yama kamo

譯者說：此詩有題「詠黃葉」，即詠「紅葉」。

310〔卷十：2303〕

雖言
秋夜長，
要吐盡我
積累的愛
時間恨太短！

☆秋の夜を長しと言へど積もりにし恋を尽くせば短くありけり
aki no yo o / nagashi to iedo / tsumorinishi / koi o tsukuseba /
mijikaku arikeri

譯者說：此詩有題「寄夜」。

311〔卷十：2330〕

　　為妹摘折
　　枝梢的梅花——
　　下方樹枝上
　　露水，接二連三
　　滴落我身

☆妹がため末枝の梅を手折るとは下枝の露に濡れにけるかも
imo ga tame / hotsue no ume o /taoru towa / shizue no tsuyu ni /
nurenikeru kamo

譯者說：此詩有題「詠露」。

312〔卷十：2346〕

　　就像跡見山山上雪
　　雪亮顯眼，這樣
　　一路熱戀下去——
　　有跡可循，阿妹
　　名字，恐將曝光……

☆うかねらふ跡見山雪のいちしろく恋ひば妹が名人知らむかも
ukanerau / tomiyama yuki no / ichishiroku / koiba imo ga na / hito
shiran kamo

譯者說：此詩有題「寄雪」。跡見山，即今奈良縣櫻井市東南部的鳥
見山。此詩中一語雙關，含「形跡被見」意。

佚名〔卷十一〕

313〔卷十一：2364〕
　　啊，親愛的，
　　請穿過小珠簾
　　間隙進來——
　　萬一我母親
　　問起，我就說
　　是一陣風

☆玉垂の小簾のすけきに入り通ひ来ねたらちねの母が問はさば
風と申さむ

tamadare no / osu no sukeki ni / irikayoikone / tarachine no / haha ga
towasaba / kaze to mōsan

譯者說：《萬葉集》卷十一收有錄自《古歌集》的五首無名氏「旋頭
歌」（5-7-7-5-7-7，共三十八音節），此為其中之一。日文詩中的「た
らちねの」（垂乳根の：tarachine no），是置於「母」字前的枕詞。
垂乳根，意為母親或雙親。

319

314 〔卷十一：2572〕

　　謊言說得像
　　真的一樣！
　　何時起，會因為
　　愛一個沒見過的人
　　而掛了？

☆いつはりも似つきてぞする何時よりか見ぬ人恋ふに人の死に
せし

itsuwari mo / nitsukite zo suru / itsu yori ka / minu hito kou ni / hito
no shini seshi

譯者說：《萬葉集》卷十一收有題為「正述心緒」的無名氏歌作102
首，此處314至316首譯詩即為其中三首。俗語說「一見鍾情」，詩
中作者問「未見而鍾情，而至於為此死」，此種荒謬事，究從何時
起？古今奇事吾人不敢隨便插話、搶答，明代劇作家湯顯祖1598年
的劇作《牡丹亭》（又名《還魂記》），寫大家閨秀杜麗娘夢中「見」
一書生，醒後因思念夢中情郎鬱鬱而死，後還魂與書生相遇、結
褵。夢「見」或聽「見」人家說過某某俊男或美女，算不算曾經一
見？

315〔卷十一：2574〕

無論我握拳
搋打它多少回，
要它將她面容忘，
「愛情」這惡棍卻
怎麼教訓也不退！

☆面忘れだにもえすやと手握りて打てども懲りず恋といふ奴
omowasure / dani mo esu ya to / tanigirite / utedomo korizu / koi to iu
yatsuko

316〔卷十一：2578〕

我不願梳理
晨起後的亂髮，
在我愛人
手枕上，它
一夜纏眠

☆朝寝髪われは梳らじ愛しき君が手枕触れてしものを
asanegami / ware wa kezuraji / utsukushiki / kimi ga tamakura /
fureteshi mono o

321

317〔卷十一：2667〕

兩袖拂
床塵，獨坐
待君至——
不覺月斜
天將明……

☆真袖もち床打ち払ひ君待つと居りし間に月傾きぬ
masode mochi / toko uchiharai / kimi matsu to / orishi aida ni / tsuki
katabukinu

譯者説：《萬葉集》卷十一收有題為「寄物陳思」的無名氏歌作189
首，此為其中之一。日文「真袖」（まそで），即兩袖。

318 〔卷十一：2802a〕

　　不思偏
　　誘思——這山鳥尾般綿長孤單的
　　獨
　　寢
　　夜

☆思へども思ひもかねつあしひきの山鳥の尾の長きこの夜を
omoedomo / omoi mo kanetsu / ashihiki no / yamadori no o no /
nagaki kono yo o

譯者說：此亦為《萬葉集》卷十一題為「寄物陳思」的無名氏歌作
189首中的一首。《萬葉集》「卷十一：2802」之作，列有略異的兩
版本，本詩（2802a）為其第一個版本。另一版本（2802b）見本書
前面第71首譯詩。

319 〔卷十一：2824〕

　　早知
　　所思那人將至，
　　我要在我庭
　　蔓生的雜草上
　　鋪珠迎接

☆思ふ人来むと知りせば八重むぐら覆へる庭に玉敷かましを

omou hito / kon to shiriseba / yaemugura / ōeru niwa ni / tama
shikamashi o

譯者說：此詩有題「問答」，與底下第320首譯詩是一問一答之歌作。

324

320 〔卷十一：2825〕

鋪珠之家

於我又如何？

得蔓生雜草間

一小屋，足矣——

只要妹與我同在！

☆玉敷ける家も何せむ八重むぐら覆へる小屋も妹と居りてば

tama shikeru / ie mo nani sen / yaemugura / ōeru koya mo / imo to oriteba

譯者說：此首答前詩之歌，讓人想起波斯詩人奧瑪・開儼（Umar al-Khayyam，1048-1131）《魯拜集》（*Rubaiyat*）中的名句「一卷詩，一壺酒，一塊麵包，／在樹下——還有你／伴著我在荒野歌唱——／啊，荒野就是天堂！」《萬葉集》編成於八世紀，東方之東，詩出更早！

佚名〔卷十二〕

321〔卷十二：2912〕
　　今夜，我將
　　來你夢中會你，
　　沒有人會看到我、
　　質問我——啊
　　千萬別把屋門鎖上

☆人の見て言とがめせぬ夢に我れ今夜至らむ宿閉すなゆめ
hito no mite / kototogame senu / ime ni ware / koyoi itaran / yado sasu na yume

322〔卷十二：2991〕
　　如我母親所養
　　之蠶，隱於繭中，
　　不能與阿妹見面
　　我胸悶，心煩，
　　快窒息而死……

☆たらちねの母が飼ふ蚕の繭隠りいぶせくもあるか妹に逢はずして
tarachine no / haha ga kau ko no / mayogomori / ibuseku mo aru ka / imo ni awazushite

326

323 〔卷十二：3144〕

獨宿異鄉
時日久，長夜
漫漫——久未解
妹紅艷衣紐
啊，真想念……

☆旅の夜の久しくなればさ丹つらふ紐解き放けず恋ふるこのこ
ろ

tabi no yo no / hisashiku nareba / sanitsurau / himo tokisakezu / kouru
kono koro

譯者說：日文詩中「さ丹つらふ」（さ丹頰ふ，音 sanitsurau），艷紅
美麗之意，是色、紐、君、妹等字的枕詞，此處形容衣紐。可與
「卷十二：3145首」參照閱讀——

一定是我妹子
在想我——旅途
獨寢，我內衣紐帶
不知怎麼的
自動鬆解了……

☆我妹子し我を偲ふらし草枕旅のまろ寝に下紐解けぬ
wagimoko shi / a o shiou rashi / kusamakura / tabi no marone ni /
shitabimo tokenu

佚名〔卷十三〕

324〔卷十三：3246〕

思君如
天上日月，
君卻日益
老去——
讓人不捨

☆天なるや月日のごとく我が思へる君が日に異に老ゆらく惜し
も

ame naru ya / tsukihi no gotoku / waga moeru / kimi ga hinikeni /
oyuraku oshi mo

325〔卷十三：3249〕

整個秋津島
大和國
若還有第二人
可思念，我
何須苦嘆若是？

☆磯城島の大和の国に人二人ありとし思はば何か嘆かむ

shikishima no / yamato no kuni ni / hito futari / ari to shi omowaba /
nanika nagekan

譯者說：日文詩中「磯城島の」（或作「敷島の」）是置於「大和」
前的枕詞。磯城島，一如「秋津島」，是日本國的別稱。

326〔巻十三：3256〕

　　伊人似未
　　頻頻思我，
　　我卻無
　　一時一刻
　　能將她忘！

☆しくしくに思はず人はあるらめどしましくも我は忘らえぬか
も

shikushiku ni / omowazu hito wa / aru ramedo / shimashiku mo ware
wa / wasuraenu kamo

327〔卷十三：3270〕

　　　在那間我想放把火
　　　燒掉的小賤屋裡，
　　　在那張我想將之
　　　扔掉的破爛草席上，
　　　你的手臂與我想
　　　打斷折斷的那賤中
　　　最賤的手臂交纏與她
　　　共寢同歡——啊，為你，
　　　漫漫長日的
　　　每一時每一刻，
　　　漫漫長夜的
　　　每一時每一刻，
　　　我輾轉悲嘆
　　　直至床鋪
　　　吱吱作響……

☆さし焼かむ／小屋の醜屋に／かき棄てむ／破れ薦を敷きて／
打ち折らむ／醜の醜手を／さし交へて／寝らむ君ゆゑ／あかね
さす／昼はしみらに／ぬばたまの／夜はすがらに／この床の／
ひしと鳴るまで／嘆きつるかも

sashiyakan / oya no shikoya ni / kakiuten / yaregomo o shikite /
uchioran / shiko no shikote o / sashikaete / nuran kimi yue / akane
sasu / hiru wa shimirani / nubatama no / yoru wa sugarani / kono toko

no / hishi to naru made / nagekitsuru kamo

譯者說：此首無名氏長歌是《萬葉集》中讓人耳目一亮的奇情、異色之作。讀此詩時，腦中自然映現出現代日劇裡不倫戀、三角戀的某些場景、畫面。詩中的說話者發現（或想像）她的男人背著她去找別的女人，她悲憤地痛罵，恨不得即刻燒掉那「賤」（醜，しこ：shiko）人的「賤」房子，扔掉她的破爛「賤」草席，打斷那與她男人手臂交纏的「賤之又賤」（醜の醜）的賤手。所愛的男人出軌，讓她妒火中燒，抓狂、碎心，從早到晚、從晚到早悲嘆不已。耐人尋味的是，詩中之景如果是說話的女子真實的發現，那她就是受小三之害、之亂的不倫／劈腿劇中的苦主了。而如果只是（或純然是）她的想像，那她可能就是一個嫉妒心、佔有欲、報復力都很強的女「強」人了。詩末我們聽到床鋪吱吱作響，也頗有趣——是她翻來覆去、哀痛悲嘆得太厲害，以致床鋪也吱吱哀鳴？或者她的男人隔天來找她，壓在她身上，以（做）愛安撫、消彌她的恨意、醋意，直到床鋪也跟著吱吱叫床？日文原詩中，「あかねさす」（茜さす）是形容「日」或「晝」等字的枕詞，「ぬばたまの」（烏玉の）是形容「夜」的枕詞，此處未譯出。

328 〔卷十三：3273〕

　　為了愛你這獨一無二
　　我所愛之人，我身
　　憔悴，常用的
　　衣帶竟須
　　結三重

☆二つなき恋をしすれば常の帯を三重結ぶべく我が身はなりぬ
futatsu naki / koi o shi sureba / tsune no obi o / mie musububeku /
waga mi wa narinu

佚名〔卷十六〕

329〔卷十六：3803〕
　　相戀而須掩人
　　耳目，你我皆苦——
　　何不學月亮
　　從山脊後露出來
　　昭示天下？

☆隱りのみ恋ふれば苦し山の端ゆ出で来る月の顕はさばいかに
komori nomi / koureba kurushi / yama no ha yu / idekuru tsuki no /
arawasaba ikani

譯者說：此詩有題「昔者有壯士與美女也，不告二親，竊為交接。
於時娘子之意，欲令親知。因作歌詠，送與其夫」。

330〔卷十六：3806〕

　　果真有事，我會

　　隨你藏身小泊瀨山

　　石穴內長相左右

　　不分離——

　　阿哥切莫多憂心

☆事しあらば小泊瀬山の石城にも隠らば共にな思ひ我が背

koto shi araba / ohatsuseyama no / iwaki nimo / komoraba tomoni /
na omoi waga se

譯者說：此詩有注「傳云，時有女子。不知父母，竊接壯士也。壯
士悚惕其親呵嘖，稍有猶豫之意。因此，娘子裁作斯歌，贈與其夫
也」。小泊瀨山，今奈良縣櫻井市初瀨地方之山。日文詩中的「石
城」有一說指是古代之墳墓，納棺的石室、石穴。「藏身石穴」（石
城に隠る）如此則為死亡的隱喻——是兩人為愛「真死」殉情，對
父母或俗世做抵抗、抗議，或者以「假死」迂迴達成自由相愛之目
標？或者就簡單地是躲避外來壓力，暫以「石城」為愛的小宇宙、
地下賓館？

331 〔卷十六：3809〕
　　　若有法令
　　　可許斷契約
　　　退貨──請歸還我
　　　昔日贈你的
　　　妾之內衣

☆商返し許せとの御法あらばこそ我が下衣返し賜はめ

akikaeshi / yuruse to no minori / araba koso / waga shitagoromo /
kaeshi tamawame

譯者說：此詩有注「傳云，時有所幸娘子也，寵薄之後，還賜寄物，於是娘子怨恨，聊作斯歌獻上」。

332 〔卷十六：3846〕

　　不要把馬繫在
　　出家人剛刮過臉的
　　下巴鬍渣上，
　　且莫用力拉──
　　和尚會痛哭

☆法師らがひげの剃り杭馬繋ぎいたくな引きそ僧は泣かむ

hōshira ga / hige no sorikui / uma tsunagi / itaku na hiki so / hōshi wa
nakan

譯者說：此詩有題「戲嗤僧歌一首」。原詩中之「法師」（出家人），
即「僧」（和尚）也。

333〔卷十六：3847〕

　　施主此話
　　不盡然，
　　里長跑來
　　收賦稅——你不也
　　哭哭啼啼？

☆檀越や然もな言ひそ里長が課役徵らば汝も泣かむ

danochi ya / shika mo na ii so / satoosa ga / etsuki hataraba / imashi
mo nakan

譯者說：此詩有題「法師報歌」，為答上一首（第332首）歌之作。
以謔還謔，互相調侃，頗為有趣，又笑中帶淚地揭發了民之所苦。

334 〔卷十六：3858〕

　　近來為愛
　　付出的勞苦，若
　　匯集起來
　　評比、敘功——
　　我當可獲五品勳位

☆このころの我が恋力記し集め功に申さば五位の冠
kono koro no / waga koijikara / shirushi atsume / kū ni mōsaba / goi
no kagafuri

譯者說：此詩為戀歌。日文原詩中的「恋力」，蓋指戀之勞苦，為愛
所付出的辛勞。

335 〔卷十六：3859〕

　　　近來為愛
　　　付出的勞苦，若
　　　未獲敘功——
　　　我將到京城的
　　　官署投訴！

☆このころの我が恋力給はずは京兆に出でて訴へむ

kono koro no / waga koijikara / tamawazu wa / misatozukasa ni /
idete ureen

譯者說：此詩與上一首（第334首）詩成對，開頭十二音節字詞皆
相同。日文原詩中的「京兆」，蓋指京城的官署，京城的行政、司法
機關。

336 〔卷十六：3878〕

他失手
把新羅斧
落入熊來的
海底，哇嘘！
莫心焦莫心焦
千萬別哭泣，
它會浮出
水面來，哇嘘！

☆梯立の／熊来のやらに／新羅斧／落とし入れわし／懸けて懸
けて／な泣かしそね／浮き出づるやと／見むわし

hashitate no / kumaki no yara ni / shirakiono / otoshiire washi / kakete
kakete / na nakashi sone / ukiizuru ya to / min washi

譯者說：此詩有題「能登國歌三首」，此為其第一首，並有注「傳
云，或有愚人，斧墮海底，而不解鐵沉無理浮水。聊作此歌，口吟
為喻也。」能登國，約今石川縣能登半島之地。日文詩中的「梯立
の」(はしたての)是地名「熊來」的枕詞，何以如此，不詳。熊來，
今石川縣七尾市中島町。「やら」(音 yara)，方言「海底」之意。
新羅斧，從朝鮮半島新羅進口之斧。詩中兩次出現的「わし」(音
washi)，似乎是表示打拍子或唱和的歡呼、哄笑聲。此詩形式頗奇
特而難以歸類，介於「旋頭歌」與「長歌」之間，姑且視之為一首
長歌。

337〔卷十六：3884〕

神山

彌彥山山麓，

鹿今日

仍伏在那兒，

身著裘衣

犄角在頭嗎？

☆弥彦神の麓に今日らもか鹿の伏すらむ裘着て角付きながら

iyahiko / kami no fumoto ni / kyōra mo ka / shika no fusuran /
kawagoromo kite / tsuno tsukinagara

譯者說：此詩有題「越中國歌四首」，此為其第四首，屬於5-7-5-7-7-7、三十八音節的「佛足石歌」（bussokusekika）體，也是《萬葉集》全書中唯一的一首，雖然首句「彌彥」（いやひこ）只有四音節，而非五音節。越中國，今富山縣。「彌彥」，指今新潟縣西蒲原郡彌彥村與長岡市交界處的彌彥山。裘，即毛皮之衣。日本古代視鹿為神的使者，非常珍惜之。彌彥山麓有歷史非常悠久的彌彥神社。古昔，彌彥山麓應是鹿群生息之地，恐亦有祭神之「鹿舞」。此首佛足石歌，可以讀成看見（作為神的使者的）鹿敬畏地伏身山麓，向神敬禮；也可解作人扮裝成鹿（「身著裘衣／犄角在頭」），以「鹿舞」行祭儀。此歌或為彌彥神社「鹿舞」之歌謠。

佚名〔東歌〕

338〔卷十四：3351〕

筑波嶺，
降雪了嗎？
啊，不，
是我的美人兒
在曬白布！

☆筑波嶺に雪かも降らる否をかもかなしき兒ろが布乾さるかも
tsukubane ni / yuki kamo furaru / ina o kamo / kanashiki koro ga /
nino hosaru kamo

譯者説：《萬葉集》卷十四收錄有230首「東歌」——東國地方（近
畿以東諸郡國，今關東地區一帶）的民歌。此首有注「常陸國歌」。
常陸國，今茨城縣的大部分。日文原作中「兒ろ」（音koro）是東國
方言，對女性的親密稱呼——是「兒ら」（kora）的變音。而日文
「布」讀作「ぬの」（nuno），但東國方言唸成「にの」（nino）。

339 〔卷十四：3354〕

　　　寸戶人，斑斑

　　　點點花棉被，棉絮

　　　多又軟——啊，多想

　　　像那棉一樣，

　　　進入阿妹小床！

☆寸戶人のまだら衾に綿さはだ入りなましもの妹が小床に
kiehito no / madarabusuma ni / wata sawada / irinamashi mono / imo
ga odoko ni

譯者說：此首「東歌」有注「遠江國歌」。遠江國，約為今靜岡縣的
西部。「寸戶人」究指何處之人，未詳；亦有寫為「伎倍人」，伎倍
在今靜岡縣濱松市濱北區。

340 〔卷十四：3358〕

　　兩人共寢的時間
　　短如穿玉的繩，
　　兩人相愛的激情如
　　富士高山上奔潰的
　　溪流，劇烈鳴響……

☆さ寝らくは玉の緒ばかり恋ふらくは富士の高嶺の鳴沢のごと

sanuraku wa / tama no o bakari / kouraku wa / fuji no takane no / naru sawa no goto

譯者說：此首「東歌」有注「駿河國歌」。駿河國，約為今靜岡縣的中部。

341〔卷十四：3393〕

　　筑波嶺，彼面
　　此面警衛據守，
　　我母親把我緊緊
　　看著──我的魂破關
　　而出，與伊相逢

☆筑波嶺の彼面此面に守部据ゑ母い守れども魂ぞ逢ひにける
tsukubane no / otemo konomo ni / morie sue / haha i moredomo /
tama zo ainikeru

譯者說：此首「東歌」有注「常陸國歌」。筑波嶺，筑波山古名，在
今茨城縣，有女體、男體二峰。

342 〔卷十四：3400〕

信濃
千曲川
小石頭──
只要君踏過,
撿起來顆顆是玉!

☆信濃なる千曲の川の細石も君し踏みてば玉と拾はむ

shinano naru / chiguma no kawa no / sazareshi mo / kimi shi fumiteba /

tama to hirowan

譯者說:此首「東歌」有注「信濃國歌」。信濃國,約當於今之長野
縣。千曲川,信濃川的上游,在長野縣境內這一段稱千曲川。

343 〔卷十四：3414〕

但求能像伊香保山
八尺高堤壩上方
眾目所見的
虹般──公開地
和你睡和你睡

☆伊香保ろの八尺の堰塞に立つ虹の現はろまでもさ寝をさ寝てば

ikahoro no / yasaka no ide ni / tatsu noji no / arawaro made mo / sane

o saneteba

譯者說:此首「東歌」有注「上野國歌」。上野國,約當於今之群馬縣。

344 〔卷十四：3459〕

　　我的兩手
　　因為搗稻
　　皸裂了——今夜
　　我家少爺又會嘆息
　　憐惜地握起它們

☆稲搗けばかかる我が手を今夜もか殿の若子が取りて嘆かむ
ine tsukeba / kakaru aga te o / koyoi mo ka / tono no wakugo ga /
torite nagekan

譯者說：此處第344至348首譯詩，皆屬國名（地區名）未確定之「東
歌」。此詩作者（或詩中說話者）應是一名在貴人家幫傭，且與家中
少爺相戀的女僕。

345〔卷十四：3472〕

何以要說
是「人妻」——
鄰家衣服，
你不也
借來穿？

☆人妻とあぜかそを言はむ然らばか隣の衣を借りて着なはも

hitozuma to / aze kaso o iwan / shikaraba ka / tonari no kinu o / karite
kinawan

譯者說：此首《萬葉集》無名氏歌作語氣調侃，頗顯誇張，與中國
古來俗語「朋友妻不可戲」一言相違，置於今日世界情境中似亦屬
驚人之論。與中國《詩經》一樣同屬本國最古老詩歌選集的《萬葉
集》，所錄歌作自然也多樣呈現古昔日本的社會與生活風貌，此歌
即為一例。明乎此點，吾人當能視其為風俗文獻，釋然讀之。

346 〔卷十四：3480〕

　　誠惶誠恐
　　遵奉大君命，
　　捨離
　　愛妻手枕
　　夜中急出行　.

☆大君の命畏み愛し妹が手枕離れ夜立ち来のかも
ōkimi no / mikoto kashikomi / kanashi imo ga / tamakura hanare /
yodachi kino kamo

347 〔卷十四：3484〕

　　苧麻已滿桶，
　　何須忙著
　　績麻，明天也
　　穿不著呢——趕快
　　到小床上來！

☆麻苧らを麻笥にふすさに績まずとも明日着せさめやいざせ小
床に
asaora o / oke ni fususani / umazu tomo / asu ki sesame ya / iza se
odoko ni

348

348〔卷十四：3576〕

　　秧田裡的鴨舌草花
　　不時摩擦、染紫
　　我的衣服——
　　我已經逐漸習慣
　　並且愛上它了……

☆苗代の小水葱が花を衣に摺りなるるまにまにあぜか愛しけ

nawashiro no / konagi ga hana o / kinu ni suri / naruru manimani / aze
ka kanashike

譯者說：日語「小水葱」，中文稱鴨舌草、水錦葵，生於水田和池
塘，夏秋開藍紫色花，被用作染料。此詩以衣服逐漸習慣鴨舌草花
擦摩，暗喻新為人妻者已逐日能適應婚後生活、體會閨房之趣，頗
幽微、優美。

佚名〔防人歌〕

349〔卷十四：3567〕

　　　若留阿妹在家
　　　自行去，我心
　　　豈能不傷悲？
　　　願妹化身為弓柄，
　　　握我手中伴我行

☆置きて行かば妹はまかなし持ちて行く梓の弓の弓束にもがも
okite ikaba / imo wa makanashi / mochite yuku / azusa no yumi no /
yuzuka ni moga mo

譯者說：《萬葉集》收有百首「防人歌」，分見於卷十三、十四，以
及卷二十（最多）。「防人」是日本昔時為了防衛唐帝國與新羅入侵，
自各地（後來主要來自東國）徵集壯丁，三年一替，駐守於筑紫（九
州）海岸以及壹岐、對馬等島上的國防兵。「防人歌」即是「防人」
及其家屬所作之歌。此詩是《萬葉集》卷十四收錄的五首「未勘國
（地區不確定的）防人歌」之一。日文原詩中的「弓束」，即弓柄。

350〔卷二十：4321〕

> 驚獲朝廷
> 徵集令——
> 明日起，
> 與草同寢
> 無妹共纏綿

☆畏きや命被り明日ゆりや草がむた寝む妹なしにして
kashikoki ya / mikoto kagafuri / asu yuri ya / kae ga muta nen / imu
nashi nishite

譯者說：《萬葉集》卷二十中，有一組標明「天平勝寶七歲乙未二月，相替遣筑紫諸國防人等歌」的詩作，乃754年擔任兵部少輔的大伴家持，於翌年（天平勝寶七歲，755年）防人換防時所徵集之歌。此處第350至353首譯詩有題「防人部領使遠江國史生坂本朝臣人上進歌七首」，為其中四首。此第350首有注「國造丁長下郡物部秋持」。《萬葉集》中這些「防人歌」，雖見作者姓氏，但生平事實全然不可考，故列為「作者未詳」之歌。

351 〔卷二十：4322〕

　　我知我妻

　　戀我甚：

　　每我掬水飲，水中

　　見妻影——啊

　　一生一世難忘！

☆我が妻はいたく恋ひらし飲む水に影さへ見えて世に忘られず
waga tsuma wa / itaku koirashi / nomu mizu ni / kago sae miete / yo
ni wasurarezu

譯者說：此首有注「主帳丁麤玉郡若倭部身麻呂」。

352 〔卷二十：4325〕

　　父母

　　若是花——

　　羈旅在外，以草

　　為枕，也能

　　捧其同行啊

☆父母も花にもがもや草枕旅は行くとも捧ごて行かむ
chichi haha mo / hana ni moga mo ya / kusamakura / tabi wa yuku
tomo / sasagote yukan

譯者說：此首有注「佐野郡丈部黑當」。

353 〔卷二十：4327〕

可恨無暇
取筆及時畫
我妻像，
旅路上時時
望之思之……

☆我が妻も絵に描き取らむ暇もが旅行く我は見つつ偲はむ

waga tsuma mo / e ni kakitoran / itsuma moga / tabi yuku are wa /
mitsutsu shinowan

譯者說：此首有注「長下郡物部古麻呂」。寫此詩時，如與今日一樣
有手機的話，每天傳幾張「自拍照」或「視訊」一下，應該就無詩
中「面對」的問題了。

354 〔卷二十：4347〕

　　與其留在家
　　掛念你，
　　願作刀劍
　　佩你身，為你
　　祈福遠災禍

☆家にして恋ひつつあらずは汝が佩ける太刀になりても斎ひて
しかも

ie nishite / koitsutsu arazu wa / na ga hakeru / tachi ni naritemo /
iwaiteshi kamo

譯者說：此處第354、355首譯詩有題「上總國防人部領使少目從七
位下茨田連沙彌麻呂進歌十三首」，乃其中兩首。此首有注「國造丁
日下部使主三中之父歌」，是「防人」的父親所作之歌。上總國，約
當於今千葉縣中南部。

355〔卷二十：4351〕

旅途中，雖然
身著八重衣
而眠——
啊，無妹在旁
肌膚猶寒

☆旅衣八重着重ねて寐のれどもなほ肌寒し妹にしあらねば

tabikoromo / yae kikasanete / inoredomo / nao hada samushi / imo ni
shi araneba

譯者説：此首有注「望陀郡上丁玉作部國忍」。

356〔卷二十：4375〕

　　那些松

　　並立在那兒，

　　像家人一樣

　　為我

　　送行……

☆松の木の並みたる見れば家人の我れを見送ると立たりしもころ
matsu no ke no / namitaru mireba / iwabito no / ware o miokuru to /
tatarishi mokoro

譯者說：此處第356、357首譯詩有題「下野國防人部領使正六位上
田口朝臣大戶進歌十一首」，乃其中兩首。此首有注「火長物部真
島」。下野國，約當於今栃木縣。日語「松」與「待つ」（等待）同
音（まつ：matsu），所以詩中也有「等著我早回家」之意味。

357〔卷二十：4377〕
  啊，但願
  阿母是珠玉
  鑲戴於
  我髮髻中
  與我纏捲為一

☆母刀自も玉にもがもや戴きてみづらの中に合へ卷かまくも
amotoji mo / tama ni moga mo ya / itadakite / mizura no naka ni /
aemakamaku mo

譯者說：此首有注「津守宿禰小黑棲」。

358〔卷二十：4420〕

　　旅途露宿
　　和衣寢，若君
　　衣紐斷，
　　此針即我手，
　　持之可縫連

☆草枕旅の丸寝の紐絶えば我が手と付けろこれの針持し
kusamakura / tabi no marune no / himo taeba / aga te to tsukero / kore
no haru moshi

譯者說：此詩有題「武藏國部領防人使掾正六位上安雲宿禰三國進
歌十二首」，此首為其中之一，有注「椋椅部弟女」，是「防人」之
妻所作之歌。武藏國，約為今東京都、埼玉縣，以及神奈川縣東北
部。此詩將「針」比作「手」真是巧喻、妙喻——既讓夫君持之縫
連破衣，也讓自己與他連在一起！

359〔卷二十：4425〕

　　聽到有人問

　　「誰家丈夫當

　　防人去了？」我真

　　羨慕她啊，

　　無憂無慮的樣子！

☆防人に行くは誰が背と問ふ人を見るが羨しさ物思ひもせず

sakimori ni / yuku wa ta ga se to / tou hito o / miru ga tomoshisa /
monomoi mo sezu

譯者說：此詩有題「昔年防人歌八首」，此處第359、360首譯詩為
其中兩首。依詩中說話口吻推之，此第359首詩作者應為一防人之
妻。

360〔卷二十：4431〕

　　霜降夜寒

　　細竹葉窸窣響——

　　啊，但求我妻

　　肌膚敷我，

　　勝著七重衣！

☆笹が葉のさやぐ霜夜に七重着る衣に増せる子ろが肌はも

sasa ga wa no / sayagu shimoyo ni / nanae karu / koromo ni maseru /
koro ga hada wa mo

佚名〔遣新羅使歌〕

361〔卷十五：3579〕
　　大船若能讓
　　阿妹共乘，
　　我將張開羽翼
　　將你抱，
　　護持你同行

☆大船に妹乗るものにあらませば羽ぐくみ持ちて行かましものを
ōbune ni / imo noru mono ni / aramaseba / hagukumi mochite /
yukamashi mono o

譯者說：聖武天皇天平8年（736年）時，日本派遣使節團赴朝鮮半
島之新羅，使節團6月從難波（大阪）出航，翌年（737年）1月歸京。
《萬葉集》卷十五裡收錄了遣新羅使者們及其家屬所作之歌共145首
（卷首標明「遣新羅使人等，悲別贈答及海路慟情陳思，並當所誦詠
之古歌」）。此處第361至364首譯詩有注「贈答歌十一首」，為其中
四首。此首詩為在「武庫浦」登船的一位遣新羅使者，寫給前來送
行的妻子之作。武庫浦，流經今兵庫縣西宮市、尼崎市之間的武庫
川，其河口附近的海灣。

362〔卷十五：3580〕

羈旅途中
海邊宿，
君若見霧起，
當知我在家
思君長嘆息

☆君が行く海辺の宿に霧立たば我が立ち嘆く息と知りませ
kimi ga yuku / umibe no yado ni / kiri tataba / aga tachi nageku / iki
to shirimase

譯者說：此詩作者當為一遣新羅使者之妻。

363〔卷十五：3584〕

離別讓人悲，
願君衣下
著我衣，
相依相貼
直至再相會

☆別れなばうら悲しけむ我が衣下にを着ませ直に逢ふまでに
wakarenaba / uraganashiken / aga koromo / shita ni o kimase / tadani
au madeni

譯者說：此詩作者當為一遣新羅使者之妻。

364〔卷十五：3586〕

莫為相思
瘦——
秋風
起之月，
我倆重逢時

☆我がゆゑに思ひな痩せそ秋風の吹かむその月逢はむものゆゑ
waga yue ni / omoi na yase so / akikaze no / fukan sono tsuki / awan
monoyue

譯者說：此詩作者有可能是一遣新羅使者或其妻。

365〔卷十五：3594〕

不知船須
待潮發——
後悔
太早
與妹別……

☆潮待つとありける船を知らずして悔しく妹を別れ来にけり
shio matsu to / arikeru fune o / shirazushite / kuyashiku imo o /
wakarekinikeri

譯者說：此詩有注「乘船入海路上作歌八首」，此首為其中之一。

366 〔卷十五：3615〕

　　當是阿妹
　　為我
　　長嘆息——
　　風速浦岸邊
　　霧飄搖……

☆我がゆゑに妹嘆くらし風早の浦の沖辺に霧たなびけり
waga yue ni / imo nagekurashi / kazahaya no / ura no okie ni / kiri
tanabikeri

譯者說：此詩有題「風速浦舶泊之夜作歌二首」，此首為其中之一。
風速浦（即「風速の浦」、「風早の浦」），今廣島縣東廣島市安藝津
町風速海岸。

367〔卷十五：3624〕

　　我們的船夜間
　　向前划行——心想
　　是唯一的一艘，
　　卻聽到彼處海上
　　搖槳聲響起

☆我のみや夜船は漕ぐと思へれば沖辺の方に楫の音すなり

ware nomi ya / yofune wa kogu to / omoereba / okie no kata ni / kaji no oto su nari

譯者說：此詩有題「從長門浦舶出之夜仰見月光作歌三首」，此首為其中第三首。長門浦，今廣島縣吳市倉橋町桂濱一帶的海岸。

佚名〔遣唐使歌〕

368〔卷九：1791〕
　　旅人荒野露宿
　　霜降夜寒——
　　天上的鶴群啊，
　　請用汝羽裹我子
　　作其羽絨衣！

☆旅人の宿りせむ野に霜降らば我が子羽ぐくめ天の鶴群
tabihito no / yadori sen no ni / shimo furaba / waga ko hagukume /
ame no tazumura

譯者說：此詩有題「天平五年癸酉，遣唐使舶發難波入海之時，親母贈子歌一首並短歌」，此首為其所作短歌。「遣唐使」為從630年到894年間日本派遣往唐朝的使節團，一般認為正式成行入唐的共十二次。《萬葉集》裡關於遣唐使的歌作大概有24首，分布於第1、5、8、9、14、19等卷，多半與733年、752年兩次遣唐使有關，有幾首屬作者未詳之歌，其餘多為有名有姓的天皇、朝臣、遣唐使者等所作，本書前面所譯（第181首）山上憶良寫於中國的短歌即為其一。此處第368首譯詩，作者為733年出航往唐土的某位遣唐使者的母親，姓名、生平皆未詳。此次率團的大使為多治比廣成。

369 〔卷十九：4246〕

　　願海上的浪，

　　岸邊的浪，

　　永勿翻越船頭，

　　直到君之船歸來

　　停泊於三津港！

☆沖つ波辺波な越しそ君が船漕ぎ帰り来て津に泊つるまで

okitsunami / enami na koshi so / kimi ga fune / kogikaerikite / tsu ni

hatsuru made

譯者說：此詩有題「天平五年，贈入唐使歌一首並短歌（作主未
詳）」，此首為其所附短歌。此首寫於733年的歌作，作者姓名、生
平皆未詳。日文原詩中之「津」（つ，港口、船停泊處），即御津、
三津（みつ），指難波津（今大阪灣），遣唐使官船出發與歸來
處──亦即前面第181首譯詩中，山上憶良提到的「大伴御津」。

歌人小傳／索引

此索引依作者出現順序，分輯羅列相關歌人生平資訊與選譯歌作編號——小傳之後出現的斜體數字，是本書所選譯三百六十九首詩的編號。

輯一：近江京時代前（667前）& 近江京時代（667-673）

磐姬皇后（Iwa no Hime Kōgō，?-347）

又稱「盤之媛命」，生年不詳，日本仁德天皇（313-399年在位）的皇后，仁德天皇2年（314年）立後。她所作的「思天皇歌」四首收錄於《萬葉集》第二卷卷首，是日本和歌史上最早出現的情詩，也是《萬葉集》中年代最早之作。她是《萬葉集》裡年代最早的歌人。

【本書選譯四首】→ *1-4*

雄略天皇（Yūryaku Tennō，418-479）

別名「大泊瀬幼武」，日本第21代天皇（456-479年在位），他是允恭天皇（第19代天皇）的第五皇子，是一位「雄才大略」的君主，許多學者認為《宋書‧倭國傳》所記載的「倭王武」就是他。日本《古事記》收錄他九首詩作、《日本書紀》收錄他三首，在這些古籍中他被描述成一個風流倜儻、詩歌語言柔美，但性格凶殘的男人，殺死了十幾位自己的兄弟以獲得王位。《萬葉集》中收錄他兩首歌作——包括列在《萬葉集》第一卷第一首的長歌。

【本書選譯一首】→ *5*

聖德太子（Shōtoku Taishi，574-622）

用明天皇第二皇子，母欽明天皇之女、穴穗部間人皇女。據說能同時聽十人說話而無誤，有「豐聰耳皇子」之稱。593年於姑母推古天皇在位時被立為皇太子，擔任攝政大臣，攝政期間於603

年制定日本最早的官制《冠位十二階》、604 年制定最早的憲法《憲法十七條》。又求與中國對等的邦交。興隆佛教，於606年講讀《勝鬘經》、《法華經》，607 年建立法隆寺，編修國史，奠定了依儒教與佛教理念建立以天皇為最高統治者的律令制國家之基礎。他於607年娶權臣蘇我馬子之女刀自古郎女為妻。《萬葉集》中收錄其首歌作一首。
【本書選譯一首】→ *6*

舒明天皇（Jomei Tennō，593-641）

日本第34代天皇（629-641年在位）。敏達天皇之孫，父押坂彥人大兄皇子，母糠手姬皇女。他於630年立寶皇女（後為齊明天皇）為後，同年八月遣使唐朝，為第一次遣唐使，十月遷都於大和國（今奈良縣）飛鳥地方的岡本宮。又有高市天皇、岡本天皇之稱。《萬葉集》中收其歌作二首。
【本書選譯二首】→ *7*、*8*

齊明天皇（Saimei Tennō，594-661）

日本第35代、37代天皇，日本史上第二位女天皇（第一位為第33代的推古天皇）。舒明天皇的皇后，年輕時名「寶皇女」。父茅渟王，母吉備姬王。輕皇子（孝德天皇）的同母姊。641年舒明天皇去世後，於翌年即位為皇極天皇（642-645年在位），645年「乙巳之變」後讓位給孝德天皇（第36代天皇），孝德天皇死後她於654年再度即位，稱齊明天皇（655-661年在位）。她是中大兄皇子和大海人皇子之母（兩兄弟後來成為天智天皇與天武天皇）。659年遣使唐朝（第四次遣唐使）。660年，朝鮮半島百濟請求派兵救援，翌年她親率救援軍，至九州朝倉宮後，因旅途勞頓，於七月病逝。《萬葉集》中收其歌作五首。
【本書選譯二首】→ *9*、*10*

天智天皇（Tenji Tennō，626-672）

即中大兄皇子，別名近江大津宮御宇天皇，是日本第38代天皇

（668-672年在位）。父舒明天皇，母齊明天皇。自皇太子時代他即實際掌權，先後扶立孝德天皇（645-654年在位）、齊明天皇，推行「大化革新」，其間依百濟之請派軍救援、出征朝鮮，但大敗於唐朝與新羅聯軍。662年，制定《近江令》。667年，遷都於近江的大津京宮。668年即位。《萬葉集》中收其長歌一首、短歌三首。

【本書選譯二首】→ *11*、*12*

有間皇子（Arima no Miko，640-658）

孝德天皇唯一的皇子，齊明天皇的皇姪。母為阿倍倉梯麻呂之女、小足媛。齊明天皇四年（658年）11月，受權臣蘇我赤兄慫恿，趁天皇行幸紀伊溫泉（今和歌山縣）之際企圖謀反篡位，失敗被捕，被押解至紀伊溫泉受審，11月11日在押回大和途中，被絞死於藤白坂（今和歌山縣海南市），年僅十九。《萬葉集》中收其歌作二首。

【本書選譯二首】→ *13*、*14*

軍王（Ikusa no Ōkimi，7世紀）

生沒年與生平皆不詳。有人推測其出身百濟王族，可能是舒明天皇三年（631年）入朝的百濟皇子余豐璋。《萬葉集》中收其長歌與短歌各一首。

【本書選譯一首】→ *15*

額田王（Nukata no Ōkimi，?-690以後）

鏡王之女，又稱額田姬王、額田女王，日本齊明天皇至持統天皇朝的皇族，活躍於七世紀後半，《萬葉集》初期最著名的女歌人。她的出生地有大和國、近江國兩種說法，十歲便入宮為采女（後宮女官），美麗嫻淑，多才多藝。她先與大海人皇子相愛，生下十市皇女。額田王后來被大海人之兄中大兄皇子（即天智天皇）納為妃。女兒十市皇女後成為天智天皇長子大友皇子妻，天智天皇死後發生「壬申之亂」（672年），獲勝的大海人皇子即位為天武

天皇，大友皇子落敗自盡，678年十市皇女發病猝逝（有推測係自殺），此階段的額田王似乎淡出宮廷詩歌圈，活動情況不明，但《萬葉集》中有兩首她於持統天皇朝時所作短歌，約在690至694年間。《萬葉集》收錄其長歌三首、短歌九首，共十二首歌作。

【本書選譯六首】→ *16-19*、*21*、*22*

鏡王女（Kagami no Ōkimi，?-683）

鏡王之女，又稱鏡姬王、鏡女王，額田王之姊。內大臣藤原鐮足的正室。是擅寫愛情且頗富機智的歌人。說她於天武天皇十二年（683年）七月去世。《萬葉集》中收其短歌四首。

【本書選譯一首】→ *23*

藤原鐮足（Fujiwara no Kamatari，614-669）

原姓中臣，父中臣御食子，母大伴夫人。他死前一日，天智天皇賜姓藤原，改稱藤原鐮足，為藤原氏之祖。官至內大臣，是天智天皇推行大化革新的重要助手。他是本書所選歌人鏡王女之夫。女兒五百重娘（即本書所選歌人「藤原夫人」）為天武天皇妃。《萬葉集》中收他的歌作二首。

【本書選譯一首】→ *24*

佚名（7世紀）

歌作出現於本書「輯一」的這位《萬葉集》中標為「作者未詳」的七世紀佚名歌人，應是任職於齊明天皇宮中之男子。《萬葉集》中收其短歌二首。

【本書選譯一首】→ *25*

婦人（Ominame，7世紀）

歌作出現於本書「輯一」的這位《萬葉集》中標為「姓氏未詳」的七世紀女歌人，應是侍奉天智天皇的宮女或嬪妃。《萬葉集》中收其長歌一首。

【本書選譯一首】→ *26*

輯二：飛鳥京時代（673-694）＆藤原京時代（694-710）

天武天皇（Tenmu Tennō，631-686）

即本書第20首譯詩作者大海人皇子，日本第40代天皇（673-686年在位），舒明天皇第三子，天智天皇胞弟，天智天皇即位後被立為皇太弟。672年，天智天皇死後，因皇位繼嗣問題大海人皇子避難於吉野，與天智長子大友皇子（即弘文天皇，日本第39代天皇）之間發生了「壬申之亂」。大海人以東國為基地，取得勝利，翌年繼位於飛鳥淨御原宮。在位期間制定《飛鳥淨御原令》，修纂國史，形成律令體制，確立了以天皇為中心的集權國家體制。《萬葉集》收錄其歌作五首。

【本書選譯三首】→ *20、27、28*

藤原夫人（Fujiwara no Bunin，7世紀）

又名「大原大刀自」，別名「五百重娘」，藤原鎌足之女。她是天武天皇的夫人，新田部皇子之母。天武天皇去世後，嫁給異母兄藤原不比等，生下藤原麻呂。《萬葉集》收錄她的歌作兩首。

【本書選譯一首】→ *29*

持統天皇（Jitō Tennō，645-703）

原名鸕野讚良，天智天皇第二皇女，天武天皇（大海人皇子）的皇后。天智天皇崩後，她隨丈夫大海人皇子逃往吉野，壬申之亂勝後丈夫繼任天皇，她以皇后身分輔政。686年天武天皇死後，她承繼夫業執政（「稱制」），為讓親生兒子草壁皇子繼承皇位，她不惜以謀反的罪名逮捕大田皇女之子大津皇子，下令賜死，可惜草壁皇子於689年病故，她乃於翌年元月即位，為日本第41代天皇（690-697年在位）。694年遷都藤原京，努力推行新政。697年讓位元給孫子文武天皇，仍以太上天皇身分與文武天皇並座，制定「大寶律令」。《萬葉集》收有她歌作六首。

【本書選譯二首】→ *30、31*

大津皇子（Ōtsu no Miko，663-686）

天武天皇第三子，大伯皇女之同母弟（母為天智天皇之女大田皇女），娶天智天皇之女山邊皇女為妻。他文武兼長，尤以漢詩聞名，見於奈良時代漢詩集《懷風藻》，被視為日本漢詩之祖。西元683年為太政大臣，天武天皇死後，繼位未成，以謀反之罪被逮捕賜死，年僅二十四歲，其妻哀痛欲絕，亦殉死。《萬葉集》中收其短歌四首。

【本書選譯四首】→ *32、34、36、37*

石川郎女（Ishikawa no Iratsume，7世紀）

《萬葉集》裡有九首短歌作者名為「石川郎女」或「石川女郎」，但可能非同一人。本書輯二出現的第33、35首詩作者應是同一位「石川郎女」。這位石川郎女年輕時是大津皇子侍女，先後與草壁皇子（662-689，天武天皇與持統天皇所生之皇太子）、大津皇子有染，形成三角關係。大津皇子（686年）死後，成為持統天皇的侍女，在持統崩逝（703年）前可能嫁給某人為妻。本書輯二第35首詩應是其晚年之作。可說是一位風流多情、追求者眾的萬葉女歌人。

【本書選譯二首】→ *33、35*

大伯皇女（Ōku no Himemiko，661-702）

又稱大來皇女，是天武天皇的皇女，大津皇子的同母姊。十三歲時被選定為「齋王」（駐宮負責齋祭、侍神的未婚皇女），翌年出仕伊勢神宮。《萬葉集》收其短歌六首，都與其弟大津皇子有關，充分流露真摯的手足之情。

【本書選譯五首】→ *38-42*

弓削皇子（Yuge no Miko，?-699）

天武天皇第九皇子（《續日本紀》稱第六皇子）。母為大江皇女（天智天皇之女）。長皇子為其同母兄。先於其母和兄長，於文武天皇3年7月即去世。《萬葉集》收其歌作八首。

【本書選譯一首】→ *43*

志貴皇子（Shiki no Miko，668?-716）

天智天皇第七皇子，光仁天皇（第49代天皇，770-781年在位）之父。母越道君娘。娶多紀皇女（天武天皇皇女）為正室。子女有白壁王（即光仁天皇；側室紀橡姬所生）、湯原王、海上女王等。《萬葉集》收其歌作六首，是《萬葉集》中頗傑出的歌人。

【本書選譯二首】→ *44、45*

但馬皇女（Tajima no Himemiko，?-708）

天武天皇皇女，母為藤原鎌足之女藤原冰上娘。但馬皇女是高市皇子、穗積皇子的異母妹，她嫁給異母兄高市皇子，同住於高市皇子宮，但又與穗積皇子相戀，寫了多首動人的情詩，不過兩人私通之事被發現，致穗積皇子被遣往近江的山寺。但馬皇女於708年6月去世，同年冬天穗積皇子為其為寫了甚為動人的哀歌。《萬葉集》收其歌作四首。

【本書選譯三首】→ *46-48*

穗積皇子（Hozumi no Miko，?-715）

即穗積親王，天武天皇皇子。母為蘇我赤兄之女——大蕤娘。孫女廣河女王亦為《萬葉集》收錄的歌人。705年，任知太政官事。翌年，獲賜等同右大臣之俸祿。713、714年之際，娶當時約15的大伴坂上郎女（《萬葉集》最重要的女歌人之一）為妻，但正妃為誰不明。他與異母妹但馬皇女、異母兄高市皇子之間的關係，在《萬葉集》裡但馬皇女於持統10年（696年）前寫的三首歌作中生動可見。《萬葉集》收其歌作四首。

【本書選譯二首】→ *49、50*

手持女王（Tamochi no Ōkimi，活躍於7世紀末）

生卒年不詳。河內王之妻。河內王於持統天皇三年（689年）8月被任命為筑紫（九州）大宰府大宰帥，學者推斷大約於持統天皇8年（694年）3月客死筑紫，葬於豐前國鏡山（位於今福岡縣

田川郡香春町）。《萬葉集》收有手持女王歌作三首，為悼念河內王的挽歌。

【本書選譯二首】→ *51*、*52*

柿本人麻呂（Kakinomoto no Hitomaro，約 660- 約 710）

或作柿本人麿，生平不詳，日本飛鳥時代活躍於持統天皇、文武天皇兩朝（690-707）的宮廷歌人，《萬葉集》裡最重要的歌人之一，也是「三十六歌仙」之一。他擅寫長歌，構思雄偉，亦擅寫短歌，也寫過 5-7-7-5-7-7、三十八音節的旋頭歌。《萬葉集》裡收其長歌約 20 首、短歌約 70 首，另外《萬葉集》中標示為出自《柿本朝臣人麻呂歌集》的作品裡有一些可能是柿本人麻呂所作。作為御用歌人，他奉命寫了頗多讚頌和紀念宮廷活動之作。除了這些「公家的歌」，他還寫了許多更加重要、動人，充滿抒情風格的「私人的歌」——他的挽歌、戀歌、敘景等抒情短歌，具體彰顯了他的藝術成就。十世紀的紀貫之在《古今和歌集》序文中將柿本人麻呂與山部赤人並稱為「歌聖」。

【本書選譯二十七首】→ *53-79*

依羅娘子（Yosami no Otome，7-8 世紀）

生卒年不詳。歌人柿本人麻呂住於石見國（今島根縣西部）之妻，柿本人麻呂死後依羅娘子作有兩首短歌悼之。《萬葉集》收其短歌三首。

【本書選譯一首】→ *80*

丹比真人（Tajihi no Mahito，8 世紀）

生卒年不詳，名字亦不詳，大約是八世紀初期的一位歌人。「丹比」應為其家族之名，「真人」為天武天皇時代依各氏族與皇室疏關係而賜的「八色姓」中的第一姓。《萬葉集》中收有其短歌三首。

【本書選譯一首】→ *81*

柿本人麻呂歌集（Kakinomoto no Hitomaro Kashū，7-8 世紀）

《柿本人麻呂歌集》是《萬葉集》成立前的和歌集，《萬葉集》第 2、3、7、9、10、11、12、13、14 等卷中收錄了三百六十多首標有「《柿本朝臣人麻呂之歌集》出」或「《柿本朝臣人麻呂之集》歌」的歌作，包括長歌、短歌與旋頭歌，作者有男有女且題材多樣。學者認為這些詩可能是柿本人麻呂搜集的他人之作以及各地民歌，而非其原創，是作者未詳之歌集。有研究者認為其中少數或為柿本人麻呂所作。本書將「柿本人麻呂歌集」視為一（佚名）作者群之作，與《萬葉集》中署名柿本人麻呂之歌作以及本書「輯四」選錄的佚名之作有所區別。

【本書選譯二十八首】→ *82-109*

河邊宮人（Kawae no Miyahito，7-8 世紀）

生卒年不詳，生平亦不詳。「河邊宮人」四字可能非人名，而是指在飛鳥京河邊行宮奉事的宮人。《萬葉集》中收有其作於元明天皇和銅四年（711 年）的短歌六首。

【本書選譯二首】→ *110、111*

高市黑人（Takechi no Kurohito，7-8 世紀）

生卒年不詳，持統天皇、文武天皇時代的歌人，大約活躍於 690-707 年間，與柿本人麻呂同時代或略晚於他。《萬葉集》裡有兩首作者標為「高市古人」的短歌，學者認為亦為高市黑人之作。《萬葉集》中共收有其短歌十八首，都是與旅行有關的羈旅歌或雜歌。有人認為他可能是下級的地方官吏，在許多地方留下足跡，他也作有伴皇室出遊之歌，卻非因應官方的制式詠頌，而是以私人的目光勾勒對旅途情景的所見所思。

【本書選譯九首】→ *112-120*

長意吉麻呂（Naga no Okimaro，7-8世紀）

生卒年不詳。又稱「長忌寸意吉麻呂」（「忌寸」為天皇所賜「八色姓」中第四姓）。奉職於宮廷之下級官吏，與柿本人麻呂、高市黑人大約同時代。才思敏捷、充滿機智，擅長即興成詩，用詞鮮活，雜揉雅俗，不避突兀、驚聳。可說是《萬葉集》歌人中特出之奇才、怪才。《萬葉集》中收其短歌十四首。
【本書選譯八首】→ *121-128*

舍人娘子（Toneri no Otome，7-8世紀）

生卒年不詳，應是七世紀末至八世紀初，奉職於宮中的一位女官。「人」為其家族姓氏，「娘子」為對奉職於宮中之女性的稱呼。《萬葉集》中收其短歌三首。
【本書選譯一首】→ *129*

間人大浦（Hashihito no Ōura，7-8世紀）

生卒年不詳。文武天皇（697-707年在位）時代的歌人。《萬葉集》中收其短歌二首。
【本書選譯一首】→ *130*

輯三：奈良時代（710-784）

元正天皇（Genshō Tennō，680-748）

日本第44代天皇（715-724年在位），日本歷史上第五位女天皇。草壁皇子與元明女天皇（第43代天皇，707-715年在位）之女，文武天皇（第42代天皇）之姊，據說姿色美艷。一生未婚，未有子女，開女天皇終身未嫁之先例。《萬葉集》中收其短歌五首。
【本書選譯一首】→ *131*

聖武天皇（Shōmu Tennō，701-756）

日本第45代天皇（724-749年在位），文武天皇皇子。母為（藤原不比等之女）藤原宮子。與皇后光明子生有女兒阿倍內親王

（後為孝謙天皇、稱德天皇，第46代和第48代天皇）。聖武天皇篤信佛教，積極營建東大寺等佛寺，學習大唐文化，開創了「天平文化」盛景。《萬葉集》中收其短歌十一首。

【本書選譯一首】→ *132*

湯原王（Yuhara no Ōkimi，*活躍於* 730-740）

生卒年不詳。天智天皇之孫，志貴皇子之子。兄弟姊妹包括光仁天皇、春日王、海上女王等。《萬葉集》收錄他在天平年間初期（730年之後）所作的十九首和歌，是《萬葉集》中頗傑出之歌人。

【本書選譯六首】→ *133-138*

安貴王（Aki no Ōkimi，*活躍於* 720-750）

生卒年不詳。志貴皇子之孫，春日王之子，妻為紀女郎（亦為《萬葉集》中之歌人）。724年左右，又娶來自因幡之八上采女被判「不敬之罪」，八上則被遣返鄉。729年，官從五位下。745年，官從五位上。此後的生平資料不明。《萬葉集》中收其短歌四首。

【本書選譯二首】→ *139*、*140*

紀女郎（Ki no Iratsume，*活躍於* 720-750）

生卒年不詳。紀朝臣鹿人之女，名小鹿，又稱紀小鹿女郎、紀少鹿女郎。約於元正天皇養老年間（717-724）之前嫁給安貴王。724年左右，安貴王又納宮中「八上采女」為妻，紀女郎可能因此作了三首收於《萬葉集》卷四的「怨恨」之歌。740年聖武天皇自平城京遷都恭仁京（今京都府木津川市）前後，她與歌人大伴家持有戀歌往來，推測此期她可能暫住在新京，任宮中女官。她詩歌語言既風雅又戲謔，技巧高妙，是《萬葉集》後期代表歌人。《萬葉集》中收其短歌十二首。

【本書選譯六首】→ *141-144*、*146*、*147*

廣河女王（Hirokawa no Ōkimi，8世紀）
生卒年不詳。穗積皇子之孫女，上道王之女。763年1月，被授以從五位下之官位。《萬葉集》中收其短歌二首。

【本書選譯二首】→ *149、150*

笠金村（Kasa no Kanamura，活躍於715-733）
生卒年不詳。元正天皇朝（715-724年）末期、聖武天皇朝（724-749年）初期活躍之歌人，與山部赤人大約同時代。可能出身於地方豪族，擔任過下級官吏，但經歷不明。作品中頗多陪侍天皇行幸各地時所詠之歌，亦有挽歌、戀歌，常有借女性口吻發聲或虛實交融之作。《萬葉集》中收其歌作三十首，包括長歌八首、短歌二十二首；另收有出自可能係其私家集《笠朝臣金村歌集》中的一些歌作。

【本書選譯六首】→ *151-156*

山部赤人（Yamabe no Akahito，7-8世紀）
奈良時代初期之歌人，與柿本人麻呂並稱「歌聖」，也是「三十六歌仙」之一。生平不詳，其寫作年代可考之歌皆成於聖武天皇時代，自724至736年間。可能於736年去世。《萬葉集》收錄其長歌十三首、短歌三十七首。平安時代中期編訂的《三十六人集》（歌仙家集）中亦有一卷《赤人集》。他應擔任過下級官吏，曾隨天皇出行。擅寫短歌，特別是敘景歌，人稱自然歌人，以凝練、客觀之態度歌詠自然，絕少感傷，具有一種孤高而清新的抒情美。

【本書選譯十四首】→ *157-170*

高橋蟲麻呂（Takahashi no Mushimaro，7-8世紀）
活躍於720-740年間，生平不詳，與山部赤人、山上憶良、大伴旅人同時代之奈良時代歌人，以抒發行旅感受和描寫凄美傳奇之歌著稱，是《萬葉集》中最擅敘事歌之作者，修辭與表現手法極富異色感，夾敘夾議，敘事與抒情相容，風格獨特，名作包括詠

水江浦島子、上總末珠名娘子、勝鹿真間娘子、菟原處女等民間傳說的「物語風」極濃之歌。他於元正天皇時代（715-724）擔任東北地區常陸國的官員，可能參與編纂當時出版的《常陸國風土記》一書。《萬葉集》中收錄其三十餘首作品，大多選自《高橋蟲麻呂歌集》。

【本書選譯十首】→ *171-180*

山上憶良（Yamanoue no Okura，660-733）

奈良時代初期之歌人。文武天皇大寶二年（702年）六月，隨遣唐使船赴唐，任少錄（書記官），十月左右入長安，在中國生活兩年，習漢學，影響其思想與作品甚深。704年七月，隨遣唐使粟田真人回國，其後十年經歷不明。714年晉升為從五位下，716年任伯耆守，721年任首皇子（後之聖武天皇）侍講，726年任筑前守，成為大宰帥大伴旅人幕僚，在九州約六年。他是《萬葉集》重要歌人之一，作品關注社會、人生，是《萬葉集》歌人中受儒教思想影響最深者。《萬葉集》收錄其長歌、短歌、旋頭歌共約八十首，代表作包括〈貧窮問答歌〉、〈思子歌〉、〈老身重病歌〉等。聖武天皇天平五年（733年）以七十四歲之齡去世。

【本書選譯十四首】→ *181-194*

大伴旅人（Ōtomo no Tabito，665-731）

奈良時代初期之歌人、政治家。大伴安麻呂之長男。曾任大將軍，727年末或728年春之際，以大宰帥身分至九州筑紫大宰府赴任，與山上憶良、沙彌滿誓等文人交流，形成了所謂的「筑紫歌壇」。730年，被任命為大納言而回京。他是《萬葉集》編纂者大伴家持的父親，萬葉女歌人大伴坂上郎女的異母兄。擅長和歌，亦能漢詩，頗受老莊思想影響，具有魏晉風度，所作短歌〈讚酒歌〉十三首可媲美劉伶〈酒德頌〉。《萬葉集》中以「大宰帥大伴卿」、「大納言卿」敬稱之。《萬葉集》收其和歌五十六首，連同推定其所作者共七十餘首。

【本書選譯十三首】→ *195-207*

沙彌滿誓（Shami Manzei，活躍於704-731）

生卒年不詳。奈良時代初期之歌人、貴族、僧侶。俗名笠朝臣麻呂。704年時，官從五位下。706年，官從四位下。716年，兼任美濃守與尾張守。717年，官從四位上。719年，兼任尾張、參河、信濃三國按察使。720年，復歸中央擔任右大弁。721年時，為祈求元明上皇病體康復而出家，號滿誓，因未具足十戒，稱為沙彌。723年，因擔任營造觀音寺的僧官而赴筑紫。727年末、728年春之際大伴旅人赴任筑紫大宰帥後，彼此交流，成為筑紫歌壇的一員。《萬葉集》收其短歌七首。
【本書選譯三首】→ *208-210*

大伴百代（Ōtomo no Momoyo，活躍於730-750）

生卒年不詳。又名大伴百世，奈良時代中期之歌人、貴族。729年左右所作戀歌四首被收入《萬葉集》卷四。730年正月，出席大伴旅人大宰府邸梅花宴，亦詠歌一首，時任大宰大監。後歸京，738年任兵部少輔。746年，官從五位下，任豐前守。翌年元月升至正五位下。《萬葉集》收其短歌七首。
【本書選譯二首】→ *211、212*

藤原廣嗣（Fujiwara no Hirotsugu，?-740）

奈良時代中期之歌人、貴族。藤原宇合之長子，母為蘇我石川麻呂之女。737年官從五位下。738年任大養德（今奈良縣）守，兼式部少輔。年底，受謗降為大宰少貳。740年8月為恢復藤原氏勢力，上書彈劾、論難時政，9月在筑紫以清君側為名舉兵叛亂（所謂「藤原廣嗣之亂」），後叛亂被平，11月被捕處死。《萬葉集》收其短歌一首。
【本書選譯一首】→ *213*

娘子（Otome，8世紀）

《萬葉集》卷四裡，與藤原廣嗣短歌相歌的這位「娘子」，生卒年、生平皆不詳，殆為一年輕女子。《萬葉集》收其短歌一首。
【本書選譯一首】→ *214*

安都扉娘子（Ato no Tobira no Otome，8世紀）

歌作出現於《萬葉集》卷四裡的這位年輕女子，生卒年、生平皆不詳。安都為其姓，扉為其名。《萬葉集》收其短歌一首。
【本書選譯一首】→ *215*

田邊福麻呂（Tanabe no Sakimaro，活躍於740-750）

生卒年不詳。「田邊」是古來每以文筆獲官職的一個氏族，其姓來自大阪柏原市田邊此地名。740年遷都恭仁京後，田邊福麻呂作為歌人的活動已確知。744年遷都難波宮後，他詠作因應政情的歌作，繼承了柿本人麻呂、山部赤人、笠金村等「宮廷歌人」的地位。748年3月，訪赴任「越中國守」的大伴家持，出席宴會，所作歌中透露其擔任「造酒司令史」此微官。《萬葉集》中所收其歌作可分兩類：一為標明田邊福麻呂所作之歌，共13首短歌，另為《田邊福麻呂歌集》中未標明作者之歌，包括長歌10首、短歌21首，總計長、短歌共四十四首。
【本書選譯三首】→ *216-218*

大伴像見（Ōtomo no Katami，8世紀）

生卒年不詳。又名形見、方見，奈良時代貴族、歌人。764年官從五位下，772年升為從五位上。父為「越前按察使」大伴祖父麻呂。《萬葉集》收其短歌五首。
【本書選譯一首】→ *219*

藤原麻呂（Fujiwara no Maro，695-737）

奈良時代貴族、歌人。藤原不比等的四子，母為五百重娘（即萬葉女歌人藤原夫人）。於元正天皇朝（715-724年）、聖武天皇朝

（724-749年）兩朝為官。官至從三位。《萬葉集》著名女歌人大伴坂上郎女曾為其戀人，約於元正天皇朝末年時。據說他辯才無礙、多能，是不世出之才，沉湎琴、酒，自命狂人，去世時四十三 。和歌外亦擅漢詩，《懷風藻》收其漢詩五首，《萬葉集》收其短歌三首。

【本書選譯一首】→ *220*

大伴坂上郎女（Ōtomo no Sakanoue no Iratsume，約 700- 約 750）
奈良時代女歌人。本名不詳，稱坂上郎女是因家住坂上里（今奈良市東郊）。是《萬葉集》編纂者大伴家持的姑姑，後成為其岳母；大伴家持之父、《萬葉集》著名歌人大伴旅人之異母妹。據推測，坂上郎女曾嫁與穗積皇子，皇子死後，與貴族藤原麻呂交往，後與異母兄大伴宿奈麻呂結婚。《萬葉集》收入坂上郎女和歌八十四首，數量僅次於大伴家持和柿本人麻呂，在女性歌人中列第一。她的詩具有理性的技巧，充滿機智，善用巧喻，充份顯現對文字趣味、對詩藝的掌握，同時也展露出女性細膩的情感，以及對愛的直覺與執著。

【本書選譯十八首】→ *221-238*

狹野茅上娘子（Sano no Chigami no Otome，8 世紀）
奈良時代女歌人，又稱狹野弟上娘子。生卒年不詳。為在後宮奉侍、協助祭祀的下級女官「女嬬」。約在740年之時或之前，嫁給朝中的下級官吏中臣宅守為妻，可能因其「女嬬」身分，中臣宅守被判不敬之罪流放至越前國（今福井縣越前市一帶）。夫妻雙方在四回書信往返中，共寫了六十三首「贈答歌」，被收進《萬葉集》卷十五，其中女方寫了二十三首，男方四十首。狹野茅上娘子在這些歌作中顯現出激昂悲切的熱情與詩情，且時富奇想，在《萬葉集》中佔有一獨特的位置。《萬葉集》中收其短歌二十三首。

【本書選譯八首】→ *239、242-245、247-249*

中臣宅守（Nakatomi no Yakamori，8世紀）

生卒年不詳。奈良時代貴族、歌人。祖父為中臣意美麻呂（曾任中納言），父為中臣東人（曾任刑部卿）。萬葉歌人、官至右大臣的中臣清麻呂（702-788）為其叔父。身分為下級官吏的中臣宅守，可能於740年之時或之前，與任「女嬬」的狹野茅上娘子結婚，而後被判流放至越前國。獲罪原因，或說因重婚罪，或說因捲入政變，或說因與女嬬結婚觸犯了禁忌。740年6月，為祈聖武天皇病體康復日本舉行大赦，中臣宅守似乎不在此次獲赦之列，直至翌年9月再度行大赦時方得歸京。據載他擔任負責祭祀神祇之「神祇官」。763年由官從六位上升至從五位下，764年又因「藤原仲麻呂之亂」連帶受罰而被除名。《萬葉集》中收其短歌四十首。

【本書選譯四首】→ *240、241、246、250*

平群氏女郎（Heguri-uji no Iratsume，8世紀）

奈良時代女歌人。生卒年、生平皆不詳。平群氏是居於大和國平群郡平群鄉（今奈良縣生駒郡平群町）一帶的豪族。《萬葉集》收錄了她寫給大伴家持的戀歌十二首，寫成於746年左右，大伴家持任「越中國守」之際。她應該是大伴家持的側室或情人。

【本書選譯四首】→ *251-254*

笠女郎（Kasa no Iratsume，8世紀）

奈良時代女歌人。生卒年、生平皆不詳。約活躍於730-740年間，是《萬葉集》中與大伴坂上郎女並峙的傑出女歌人。《萬葉集》中收其短歌共二十九首（包括卷三「譬喻歌」3首，卷四「相聞」24首，卷八「相聞」2首），都是寫給歌人／編纂者大伴家持的戀歌，是與大伴家持有過戀愛關係的十四個名字已知的女性之一。

【本書選譯十六首】→ *255-270*

大伴家持（Ōtomo no Yakamochi，約718-785）

奈良時代歌人、政治家，雖歷任中央與地方政府多個官職，但一生仕途並不順遂，中年後多次捲入政治紛爭，785年死時還因謀殺罪被除官，骨灰隨其子大伴永主流放異地。754年任兵部少輔時，曾於翌年2月赴難波（大阪）檢閱輪值的「防人」，搜集防人歌，計93首錄於《萬葉集》卷二十。父親大伴旅人與姑姑大伴坂上郎女都是著名歌人，自幼即受薰陶。生母早逝，十歲左右起姑姑坂上郎女即前來照顧他，後與姑姑長女「坂上大娘」結婚。他是「三十六歌仙」之一，也是《萬葉集》的主要編纂者之一，詩風多樣，幽默、悲憫、深情兼具，剛柔並濟，作品甚豐。《萬葉集》裡收錄其長歌46首、旋頭歌1首、短歌426首（包括1首合作之作），總共473首，佔全書逾十分之一。本書所譯其短歌中有一首是他與一女尼合作、《萬葉集》全書中唯一的一首「短連歌」。

【本書選譯二十一首】→ *145*、*148*、*271-289*

輯四：無名氏（多屬年代不明）

佚名

《萬葉集》裡有許多無名氏作者，作者未詳之歌達二千餘首，佔全書約二分之一。本書從第7、9、10、11、12、13、14、15、16、19、20卷中選譯了八十首佚名短歌。其中「東歌」為東國地方（近畿以東諸郡國，今關東地區一帶）的民歌，收錄於《萬葉集》卷十四，共230首。日本大化革新後，設防人司，徵集各地壯丁（後主要來自東國）駐守筑紫（九州）海岸，三年一替，「防人歌」即是「防人」（守邊軍士）及其家屬所作之歌，共計百首，收錄於《萬葉集》卷十三（2首）、卷十四（5首）及卷二十（93首），歌中夾用東國方言，表現素樸率直。736年時，日本派遣使節團越對馬海峽赴朝鮮半島新羅，使節團6月從難波（大阪）出航，翌年（737年）1月歸京。《萬葉集》卷十五收錄遣新羅使者及其家屬所作之歌，共145首。「遣唐使」為從630

年到894年間日本派遣往唐朝的使節團，一般認為正式成行入唐的共十二次，《萬葉集》裡關於遣唐使的歌作大概有24首，分布於第1、5、8、9、14、19等卷，多半與733年、752年兩次遣唐使有關，其中有幾首屬作者未詳之歌。上述幾類歌作中，有些雖見作者姓氏，但因生平事實全然不可考，故亦列為「作者未詳」的佚名之作。

【本書選譯八十首】→ *290-369*

譯詩編號對照

對照的兩編號，左為二十世紀初松下大三郎與渡邊文雄合編的《國歌大觀》中對《萬葉集》的編號，右為本書選譯的三百六十九首詩的編號，以及三首附譯於「譯者說」中之歌（譯詩編號後加「附」字者）。

萬葉集	本書	萬葉集	本書	萬葉集	本書
〔卷一〕		57	*121*	116	*048*
1	*005*	61	*129*	129	*035*
2	*007*	63	*181*	131	*059*
6	*015*			132	*060*
8	*016*	〔卷二〕		133	*061*
13	*011*	85	*001*	136	*062*
15	*012*	86	*002*	137	*063*
16	*017*	87	*003*	141	*013*
18	*018*	88	*004*	142	*014*
20	*019*	95	*024*	150	*026*
21	*020*	103	*028*	151	*021*
25	*027*	104	*029*	160	*031*
28	*030*	105	*038*	164	*040*
30	*053*	106	*039*	165	*041*
32	*112*	107	*032*	166	*042*
33	*113*	108	*033*	198	*057*
37	*054*	109	*034*	203	*049*
40	*055*	110	*033*附	208	*072*
42	*056*	114	*046*	209	*073*
51	*044*	115	*047*	210	*074*

387

國家圖書館出版品預行編目(CIP)資料

萬葉集:369首日本國民心靈的不朽和歌/大伴家持等著;陳黎,張芬齡譯.--初版.--[新北市]:
黑體文化出版:遠足文化事業股份有限公司發行,2023.03
    面; 公分.--(白盒子;2)
ISBN 978-626-7263-09-9(平裝)

861.512   112001040

特別聲明:
有關本書中的言論內容,不代表本公司／出版集團的立場及意見,由作者自行承擔文責。

黑體文化

讀者回函

白盒子2

萬葉集:369首日本國民心靈的不朽和歌

作者・大伴家持等｜譯者・陳黎、張芬齡｜責任編輯・張智琦｜封面設計・許晉維｜出
版・黑體文化／遠足文化事業股份有限公司｜總編輯・龍傑娣｜社長・郭重興｜發行
人・曾大福｜發行・遠足文化事業股份有限公司・讀書共和國出版集團｜電話・02-2218-
1417｜傳真・02-2218-8057｜客服專線・0800-221-029｜讀書共和國客服信箱service@bookrep.
com.tw｜官方網站・http://www.bookrep.com.tw｜法律顧問・華洋國際專利商標事務所・蘇文
生律師｜印刷・中原造像股份有限公司｜排版・菩薩蠻數位文化有限公司｜初版・2023年
3月｜初版五刷・2023年11月｜定價・400元｜ISBN・978-626-7263-09-9

版權所有・翻印必究｜本書如有缺頁、破損、裝訂錯誤,請寄回更換